시니어 신무협 장편소설
ORIENTAL FANTASY STORY & ADVENTURE

일보신권
⑬

dream books
드림북스

일보신권 13 풍류남아(風流男兒)!

초판 1쇄 인쇄 / 2012년 4월 16일
초판 1쇄 발행 / 2012년 4월 26일

지은이 / 시니어

발행인 / 오영배
편집팀장 / 권용범
책임편집 / 권용범
펴낸 곳 / (주)삼양출판사 · 드림북스

주소 / 서울특별시 강북구 송천동 322-10호
대표 전화 / 02-980-2112 팩스 / 02-983-0660
편집부 전화 / 02-980-2116 팩스 / 02-983-8201
블로그 / blog.naver.com/dreambookss

등록번호 / 제9-00046호
등록일자 / 1999년 3월 11일

ⓒ 시니어, 2012

값 8,000원

(주)삼양출판사 · 드림북스의 서면 허락 없이는 어떠한
형태나 수단으로도 이 책의 내용을 이용하지 못합니다.

ISBN 978-89-542-4113-7 (04810) / 978-89-542-3281-4 (세트)

* 지은이와 협의하에 인지는 생략합니다.
* 잘못된 책은 구입한 곳에서 바꾸어 드립니다.

시니어 신무협 장편소설
ORIENTAL FANTASY STORY & ADVENTURE

일보신권 ⟨13⟩

풍류남아(風流男兒)!

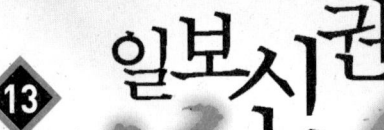

dream books
드림북스

일보신권

목차

제1장 무공이 강해지면 그것도…… 강해진다?   *007*

제2장 오황의 단상(斷想)   *051*

제3장 장건을 변화시킬 방법   *095*

제4장 사과를 깎는 데 삼십 년이 걸린 이유   *127*

제5장 독초의 추억   *155*

제6장 일어서는 법을 잊었어요   *191*

제7장 장건의 풍류   *217*

제8장 여자는 위험한 남자에게 끌린다   *259*

제9장 원시천조—온!   *297*

제**1**장

무공이 강해지면
그것도…… 강해진다?

 아침 공양 전, 새벽부터 집무를 보던 원호가 한숨 돌리며 잠시 붓을 놓았다.
 "흐음."
 생각만 해도 웃음이 나오는 일이 있어서 자기도 모르게 실없이 웃음을 흘린 원호였다.
 원호는 고개를 끄덕이며 그때의 일을 떠올렸다.
 '일찌감치 빠져나오길 잘했지.'
 며칠 전, 장건과 오황이 맞붙은(?) 때에 '아, 몰라!' 하고 투정부리듯 돌아와 버린 원호였다.
 이후에 오황이 굉운의 허락 아래 장건을 납치 비슷한 양상으로 데려갔다고 했을 때만 해도 그냥 그러려니 하고 말았다. 억지로 신경 쓰지 않으려 했다.

지금 생각해 보니 그것은 참으로 좋은 판단이었다.

'태극경을 이용한 경공에 오황의 풍연경 마지막 삼초는 맨몸으로 그냥 받아 냈다고?'

그 중간에 장건의 허리가 반으로 접혔다거나 하는 건 그냥 부가적인 얘기다.

중요한 건 마지막에 오황의 삼초를 받아 냈다는 점이었다.

오황이 전력을 다했는지는 알 수 없으나 그 자리에 있던 원주들의 말로는 상당한 위력이라고 했다. 위력이 이 갑자는 족히 넘어 보여 정면으로 상대한다면 아무리 자신들이라고 해도 쉽지 않았을 거라 했다.

그런데 장건은 그런 공격을 가슴으로 받아서 흘려 버리고는……

무려 '해냈다!'라고 소리쳤단다.

"껄껄껄!"

원호는 그냥 웃어 버렸다.

해냈다!라고 말했다는 건 우연히 그렇게 된 게 아니라 장건이 의도했다는 걸 의미한다. 오황의 공격을 파악해 내고 어느 정도 승산이 있다 생각하여 승부를 건 것이다.

이제 열일곱이 된 어린 녀석이 우내십존 중의 한 명인 오황의 공격을 계산하고 승부를 걸어 이겼다?

그런 말도 안 되는 일 따위 직접 보지 않기를 잘했다!

원호가 만약 그 자리에서 그런 황당한 광경을 직접 보았더라면, 며칠 동안은 아마 온갖 상상과 망상에서 벗어나지 못했을 터였다. 장건이라는 괴상한 말썽꾸러기에 대한 두려움만 더 커져서, 장건이 또 무슨 짓을 저지를까 전전긍긍하면서 밤을 새웠을 거다.

그러니 몇 번을 생각해 봐도 그 자리에 있지 않길 정말 잘했다. 남을 통해 들으니 남 일 같고 재밌어서 웃음이 나오는데, 직접 봤으면 당황스러워서 이런 재미도 느끼지 못했을 것이다.

"아아, 통쾌하구나."

원래 안 보면 궁금하기 마련이건만, 보지 않는 게 더 편한 원호였다. 조금은 자기 자신이 불쌍하기도 하다. 장건에게 얼마나 데였으면, 하고 말이다.

원호는 어색하게 웃으면서 수염을 매만졌다.

"그나저나 그놈 참…… 청성의 검을 받다가 크게 다쳤던 게 엊그제 같은데."

그 일이 얼마나 지났다고 이젠 오황의 풍연경을 맨몸으로 받아 냈다니.

상대가 누구든 얼마만큼의 내공을 가지고 있든 일권 단초로 쓰러뜨릴 수 있는 장건식 백보신권, 최소 이 갑자 이상의 장력을 그냥 가만히 서서 받아 낼 수 있는 장건식 태극경.

완벽한 창과 완벽한 방패.

모순(矛盾)이라는 단어가 무적(無敵)의 의미로도 쓰일 수 있다는 걸 원호는 처음 알았다.

이제 정말로 소림에서는 장건에게 해 줄 게 없다는 것이 확실한 사실로 드러난 순간이다.

씁쓸하다.

"이제껏 해 준 것도 없지만……."

원호는 미안함 가득한 미소를 지었다.

이미 장건은 소림의 무공을 지닌 소림의 제자라고 할 수도 없었다. 내공조차 당가의 것이 섞여 있는데 이젠 무당의 태극경까지 사용하고 있으니 말이다.

기실 소림의 수뇌부가 그렇게나 걱정하던 일이 현실이 되고 만 것이다.

강호의 소문은 천리전음보다도 빠른 법. 그리고 소림을 시기하는 자들은 밤하늘의 별만큼이나 많으니…….

머지않아 소림은 자의 반 타의 반으로 어쩔 수 없이 장건을 놓아줄 수밖에 없을 때가 올 것이었다.

"이럴 줄 알았다면 있을 때 더 잘해 줄걸. 후우음…… 더 큰 세상으로 날아가려는 녀석을 억지로 억누르려 한 대가이겠지."

원호가 자조 섞인 쓴 어조로 혼잣말을 내뱉었다.

"이제 녀석을 놓아줄 때가 된 것인가?"

그런데.

생각해 보니 장건이 어쩌다가 소림에 와서 무공을 배우게 되었는지 아리송하다.

홍오가 별안간 '무공을 가르칠 거야!'라고 해서 반대하던 기억만 난다. 그 뒤의 사건들이 워낙 폭풍 같았던지라 정작 장건의 내력에 대해서는 신경을 쓰지 않았다. 아비가 거상(巨商)이라는 것만 안다.

'대체 누가 데려왔지?'

자질이 뛰어나서 데려온 아이라면 당시에 이미 언질이 있었을 터인데 그런 기억은 없다. 굉목이 데리고 있었으니 속가로 들어온 아이도 아니다.

'거, 희한한 일일세.'

굉목은 왠지 우습다는 생각을 하면서도 씁쓸했다.

엄청난 유명세를 떨친 소림의 제자인데 그 제자가 어떤 아이인지 자신은 제대로 알지도 못하고 있으니 말이다. 소림을 위해 목숨도 내놓을 수 있다고 자신한 것이 부끄러울 지경이다.

'시간이 나면 한번 알아봐야겠군.'

당장은 진산식 준비의 마무리 때문에 여유가 나지 않을 것 같았다.

그런데 그 때…….

"사, 사백님! 큰일입니다!"

얼마나 급했는지 밖에서부터 소리를 지르며 뛰어오는 계율원의 무승이었다.
　원호의 눈에 잔뜩 힘이 들어갔다.
　"이놈들이?"
　하도 소림에 일이 많다 보니 절대 뛰지 말라던 규율마저 잊힌 듯하다. 툭하면 뛰고 소리를 친다.
　그것도 계율원의 안에서!
　'장건도 없는데 새벽부터 이런 난리를 친단 말인가.'
　원호는 쯧쯧 거리며 혀를 찼다.
　'진산식만 끝나면 기강을 다잡아야겠군.'
　곧 무승이 뛰어 들어오며 다짜고짜 고했다.
　"부, 북해빙궁의 사절단을 영접하러 간 사형들에게서 급전입니다!"
　"뭣이?"
　원호가 불안감을 채 안정시키기도 전에 무승이 외쳤다.
　"북해빙궁의 사절단이 습격을 당했답니다! 아무도 종적을 찾을 수가 없다고 합니다!"
　규율을 어기고 뛸 만하다. 소리를 지를 만하다.
　원호는 자기도 모르게 주먹으로 탁자를 내리쳤다.
　쾅!
　탁자가 그대로 두 쪽으로 부서지고 말았다.
　내공도 없이 후려친 주먹의 살갗을 날카로운 탁자의 파편이 찢고 지나갔다. 순식간에 붉은 피가 맺혔다. 그러나 아픔은 전혀 느껴지지 않았다.

으드득.

원호는 이를 갈았다.

우려하던 일이 벌어지고 말았다.

혹시나 해서 원호는 네 명의 나한을 파견했었다. 아무리 적이라고 하더라도 결국은 소림의 행사를 찾아오는 손님.

소림을 상징하는 나한승이 소수라도 호위하고 있다면, 그래도 겉으로 드러날 만한 일은 없을 거라고 생각했다.

그의 안일한 생각을 비웃기라도 하듯 바로 일이 터져 버린 것이다.

"누구냐……."

원호의 입에서 말이 씹듯이 튀어나왔다.

기다리지도 못하고 두 번째 물음이 바로 튀어나왔다.

"누구냐!"

무승도 화를 참지 못하고 씩씩대며 대답했다.

"육검문이라는 상주의 중소 문파 제자 넷과 화산 검성의 제자 문사명! 그렇게 다섯이었다고 합니다!"

"검성!"

부릅뜬 원호의 눈에 핏발이 섰다.

"어찌 백도를 걷는 정도의 문파에서 그런 짓을 벌이는가! 이젠 강호의 명분 따위는 상관도 않겠다는 것인가!"

원호는 크게 분노했.

"화……산!"

으스러져라 쥔 주먹에서 두둑 소리가 났다.

이유 여하를 불문하고 진산식을 앞둔 상태에서 이 같은 화산의 행보는 도저히 용납할 수 없는 일이었다.

소식이 전해지자 소림의 모든 제자가 분노했고, 동시에 소림에는 비상이 걸렸다.

이것은 분명 소림의 자존심에 크나큰 상처를 입힌 일이었다.

*   *   *

북해빙궁의 사절단이 습격을 받았다는 소문은 순식간에 강호를 뒤덮었다.

아무리 마도(魔道)라 해도, 소림…… 그것도 진산식이라는 대행사를 위해 찾아가는 손님이었다. 그런 손님을 중간에 공격했다는 것도 대사건인데, 거기에 화산이 끼어 있었다는 사실이 더욱 경악스러웠다.

얼마나 격전을 치렀는지, 북해빙궁의 사절단이 머물고 있던 주루의 전각 사 층은 형체도 알아볼 수 없이 완파되었다.

알려진 북해빙궁의 사절단은 대략 20여 명이었으나 상당수는 달아났고 소수만이 중경상을 입은 상태에서 육검문에 포획되었다.

당시 상황을 증명할 수 있는 것은 육검문의 네 제자와 주루의 총관, 그리고 사로잡힌 북해빙궁의 무사들뿐.

그러나 육검문의 네 제자들과 총관조차 싸움이 있기 전까지만 겨우 기억할 따름이었다.

모두가 갑작스러운 이변에 놀라면서도 주의를 기울일 수밖에 없었다.

왜 화산은 북해빙궁의 사절단을 공격하였느냐.

명성에 크게 상처를 입은 소림은 어떻게 나올 것이냐.

북해빙궁은 이번 일로 어떤 결단을 내릴 것이냐.

소림과 화산의 전면전이냐, 아니면 북해빙궁과 강호무림 간의 전쟁이냐…… 아니냐.

줄을 잇던 비무행마저 멈추었다.

소림과 화산이라는 두 거대 문파의 행보에 모두의 이목이 쏠려 있었다. 귀추에 따라 수십 년 만에 엄청난 규모의 전쟁이 발발할 수도 있는 노릇이었다.

모두가 숨을 죽이고 귀추를 지켜보았다.

강호는 고요했다.

거대한 태풍이 다가오기 직전의 적막함처럼…….

*　　　*　　　*

검성 윤언강.

한 시대를 풍미했고 말년인 지금에는 천하제일인이라 불리

우는 거인(巨人).

은퇴를 앞두었다고는 해도 역시 거인은 거인이다. 화산 장문인을 비롯한 화산의 수뇌부들이 모두 착석한 회의장에서도 그의 존재감은 대단했다.

어쩌면 그를 성토하는 상황이 될지도 모르는 이 불편한 자리에서도 전혀 주눅 듦이 없다.

장로 한 명이 검성 윤언강의 눈치를 살피면서 심각한 얼굴로 말했다.

"소림에서 정식 항의 서한이 지급으로 날아왔습니다. 이번 일에 대한 철저한 해명을 요구하고 있습니다."

"저런!"

수뇌부의 표정이 일거에 어두워진다. 윤언강의 표정 역시 마찬가지다.

정식으로 항의를 했다는 건 전 강호가 다 알게 되었다는 뜻이다. 관의 문제는 약간의 뇌물로 해결이 가능하지만 이런 문제는 다르다. 이름만 남은 허울뿐이라고 해도 소림을 배척하고서는 아직 강호에서 목소리를 다 내기 어려운 게 사실인 것이다.

장로 중 누군가가 혼잣말처럼 중얼거린다.

"쯧쯧, 하필이면……."

다 죽어 가는 소림에 일말의 빌미를 남겼다는 게 마음에 들지 않는다는 말을 하고 싶은 것일 터다.

이어 다른 장로가 어처구니없다는 표정으로 발언했다.

"도대체 이게 무슨 변고란 말이오! 본 파가 무슨 이유로 북해마궁의 사절단에게 해코지를 했다고 몰아붙인단 말이오!"

알면서도 묻는 말이다.

장문인이 눈살을 찌푸리면서 고개를 가로저었다.

"본 파의 제자가 개입했다는 것만으로도 소림뿐 아니라 전 중원의 문파들이 화산을 의심할 것이네."

그 말에 수뇌부의 수십 쌍 눈이 윤언강을 향했다.

화산에서도 북해빙궁 사절단이 소림을 방문하는 의도에 대해 의심하지 않은 것은 아니다. 그러나 사절단을 공격할 뜻은 전혀 없었다. 그런 일을 해 봐야 딱히 화산에 득이 될 게 없다.

그럼에도 불구하고 자파의 제자 문사명이 사절단에 큰 피해를 입힌 것은 명백한 사실이었다.

그리고 문사명은 바로 윤언강의 제자다.

그 사실을 모르는 이는 아무도 없다. 그럼에도 굳이 모르는 듯 조심스럽게 얘기를 시작하는 이유는 따로 있다. 이 자리는 사실상 대책을 마련하기 위한 자리가 아닌 것이다.

이를 테면.

이것을 화산의 문제가 아니라 '곧 은퇴할 검성의 제자가 벌인 개인적인 일.'로 치부한다거나, '다 차려 놓은 밥상이 뒤

엎어지기 전에 사부인 네가 책임을 져라.'라는 의미가 강한 것이다.

그들의 속셈을 윤언강이 모를 리 없다.

다른 사람도 아니고 검성 스스로가 차려 놓은 밥상이었다. 그런데 정작 검성이 한 술 뜨기도 전에 벌써부터 이해득실을 따지고 있다.

역겹다.

그러나 그것도 그가 감당해야 할 일이다.

어쩌면 천하제일인으로 등극하자마자 자신들의 기대를 배반하고 은퇴를 하겠다 선언을 한 데 대해 앙심을 품었는지도 모르겠다.

씁쓸하다.

'내 한평생 화산을 위해 살았거늘.'

윤언강이 속으로 고소를 짓는데, 장문인이 조심스럽게 입을 열었다.

"사백님, 혹 사명이에게 연락이 왔습니까?"

문사명은 이후 행방불명되었다. 화산의 제자들이 사방에 표식을 남겨도 연락이 오지 않았다.

윤언강이 고개를 젓자, 장문인이 다시 물었다.

"사명이란 아이가 북해와 큰 원한을 진 바가 있습니까?"

돌려 물었으나 윤언강이 시킨 게 아니냐는 질문이나 다름없다.

윤언강은 신중하게 침묵을 지키고 있다가 대답했다.

"내 알기로 사명이는 치기로 그럴 만한 성격은 전혀 아니며, 또한 북해와 그 어떤 관계도 있지 않았네. 장문도 사명이라면 아무런 이유 없이 그런 짓을 저지를 리 없다는 걸 알고 있을 걸세."

장로 한 명이 윤언강에게 말했다.

"아무리 자질이 뛰어나다 하더라도 피가 끓는 젊은 나이입니다. 육검문의 제자들 또한 그런 치기에서 북해의 사절단을 찾아갔다 하지 않았습니까. 사명이 역시 강호행을 택한 것이 견문을 넓히기 위함이었지요. 그렇다면 북해의 무공을 견식코자 하다가 시비가 붙은 것일 수도……."

어차피 장로들의 의도는 뻔하다. 윤언강은 듣는 것도 지겨워졌다.

장로들이 말했다.

"어쨌거나 소림에서 진산식을 앞두고 있는 터라 강호에서 본 파를 보는 눈이 가히 좋지 않습니다."

윤언강의 눈살이 찌푸려졌다.

타 문파에서 이런 일을 겪었다면 도저히 참지 못했을 것이나, 그 역시 사문에 얽매인 한 제자로서 그러한 일은 할 수 없었다.

끓어오르는 분노를 애써 억누르며 윤언강이 말했다.

"사명이를 빌미로 삼아 당장의 위기를 모면하고자 함이라면 가만히 두고 보지 않겠네."

장로들의 안색이 변했다.

윤언강이 현 화산 최고의 어른이라 하나 화산의 명성에 큰 흠이 잡힐 위기가 달려 있는 것.

그들도 물러설 수 없었다.

"이미 본 파에 의해 강제로 진산식을 치르게 되었는데 그마저 훼방하려느냐는 말까지 나오고 있습니다. 그런데 빌미라니요. 말씀이 과하십니다."

윤언강은 들은 척도 않고 말을 이었다.

"화산을 걱정하는 장로들의 의도를 내 모르는 바 아닐세. 물론 이것을 사명이의 개인적인 치기로 치부해 버리면 간단해지겠지. 하나 정말 그것이 본 파에 이득이 될 일인가?"

"흐음."

"크흠."

장로들이 헛기침을 내뱉으며 윤언강의 말을 곱씹었다.

문사명의 치기 때문에 이러한 사건이 벌어졌다고 한다면 누구도 화산에 그 책임을 묻지 않을 것이다. 문하 제자의 일이니 완전히 책임에서 벗어날 수는 없을지언정 대놓고 화산의 음모라 할 수는 없다.

화산에서도 소림과 북해에 사과하고 보상하는 것으로 끝낼 수 있게 되니 간단해진다. 비록 자파 제자를 잘 단속하지 못하였으니 명성에 약간의 흠이 잡히는 것은 감수해야 할지

언정 지금 상황에서 더 크게 번질 일은 없다. 어차피 문사명의 스승인 윤언강이야 은퇴할 사람이 아니던가.

그러나 윤언강의 생각은 달랐다.

"소림이나 북해와 얘기가 잘된다 하더라도, 그 대가로 사명이는 본산에 감금하거나 쫓아낼 수밖에 없네. 일의 전모를 다 알지도 못하는 상황에서 내 제자를, 화산의 미래를 꺾어 버릴 일은 용납할 수 없네."

나직하나 단호한 윤언강의 말에 장로들의 안색이 굳었다.

"사백, 소림의 입장을 고려하지 않을 수 없습니다. 소림의 백년지사인 진산식을 앞두고 벌어진 일입니다. 지난번 일로 크게 낭패를 본 소림은 이미 막다른 골목입니다. 결코 사태를 간과하지 않을 것입니다."

다른 장로도 첨언했다.

"무엇보다 호시탐탐 강호를 넘보던 북해에 빌미를 제공한 셈입니다. 잘못하여 불씨를 키우게 되면 북해와의 전면전이 벌어질 수도 있습니다."

윤언강이 눈빛에 노기를 품었다.

장로들이나 윤언강이나 똑같이 피 튀는 전장을 겪은 세대다.

하지만 평화가 너무 길었다. 매일 와신상담하며 복수를 꿈꾸어 온 윤언강에 비해 다른 이들은 이미 현상에 안주하여 나태해지고 말았다.

"소림이 두려운가? 북해가 두려운가? 이미 강호 최고라 일컬어지는 우리 화산이 무엇을 두려워한단 말인가!"

장로들이 놀랐다.

"위험한 발언이십니다! 본 파가 어디 사도의 무리도 아니고 아무런 명분도 없이 힘의 논리만 따진단 말입니까!"

벌떡.

장로들이 사도 운운하는 순간 이미 윤언강은 일어나 있었다.

장로들의 생각이 뻔한 이상, 더 들을 것도 없는 자리다. 윤언강이 뭐라고 하든 간에 그들은 자신의 뜻을 꺾지 않을 것이다.

윤언강이 자리에서 일어나자, 장로들의 얼굴에 어두운 빛이 감돈다. 그들도 윤언강의 업적을 폄하하려는 생각은 아니었다.

다만 그들은 모든 굴레와 벗어나기 직전에 있는 윤언강처럼 자유롭게 말하고 생각할 수 없었다.

무림.

힘의 논리가 가장 보편적인 곳.

그러면서 동시에 도사로서의 자각도 필요한 화산이었다. 객관적으로 보아도 윤언강의 말은 다소 과한 감이 있었다.

윤언강이 노기를 가라앉히며 나지막이 목소리를 냈다.

"누가 뭐라 하든 칼밥을 먹고 사는 자라면 자신의 칼에 대해 책임을 지는 것이 옳은 일이겠지. 그러나 그 칼을 전수한 자 역시 책임에서 자유로울 수 없다고 생각하네. 그것이 개인이든 사문이든."

장로들도 윤언강의 말뜻을 모두 알아들었다.

문사명에게 책임을 전가한다 하더라도 그에게 칼을 전수한 윤언강, 그리고 윤언강에게 칼을 전수한 화산 역시 책임이 있다 말하는 것이니.

하지만 누구도 대놓고서는 그에 반박을 할 수 없었다. 아니, 할 필요가 없었다.

어쨌거나 윤언강은 그가 해야 할 일을 잘 알고 있었다.

"내 직접 상주의 육검문으로 가 이번 일의 전모를 확실히 밝히도록 하겠네. 만일 사명이의 잘못으로 드러난다면 내가 모든 책임을 지도록 하지. 그리한다면 소림도 더는 추궁하지 못할 것이야."

말을 마친 윤언강이 좌중을 둘러보며 다시 물었다.

"이것이면 그대들이 원하는 답이 되었을 것이야. 그 외에 더 할 말이 있는가?"

묻긴 했으되 윤언강은 대답을 기다리지 않았다. 그는 말을 다 내뱉은 순간 벌써 몸을 돌리고 있었다.

지금의 윤언강은 무엇을 하든 누구의 허락도 필요치 않았다.

그는 천하제일인이다.

그러나 이번 일이 그가 천하제일인으로서 처음이자 마지막 강호행이 될 터였다.

윤언강은 그것을 직감하고 있었다. 아니, 천하제일인으로 등극하는 순간부터 이미 알고 있었다는 표현이 옳았다.

하늘을 올려다보았다.

봄이 다가온다.

그의 한평생을 품어 길고도 길었던 겨울, 하지만 너무나도 짧게만 느껴져서 아쉬웠던 겨울이 물러가고 있다.

봄.

그 새로운 계절을 위해서…….

그 새로운 계절의 봄을 자신의 애제자에게도 보여 주기 위해 윤언강은 마지막 길을 나서고 있었다.

　　　　＊　　　＊　　　＊

해가 떠오른 맑은 오전.

아침을 먹은 백리연과 양소은, 제갈영은 오두막 앞 작은 마당에 나와 있었다.

세 소녀들이 거처로 자리 잡은 곳은 소림사와 마을의 중간 즈음에 위치한 봉우리의 기슭으로, 온통 나무로 뒤덮인 소실산의 봉우리를 타고 세워진 소림사의 전각 지붕이 멀리에서 보이는 곳이다.

운무가 드리워진 풍경이 자못 시원하다.

"하아! 상쾌하다!"

제갈영이 찌뿌듯한 몸을 길게 펴며 기지개를 켰다. 그렇게 잠시 멈춰 있다가 다시 몸을 웅크리더니 하얀 입김을 내뿜었다.

부르르.

"으으, 아직은 춥구나."

백리연이 다가와 찻주전자와 찻잔을 커다란 그루터기 위에 올려놓았다.

"자아, 따뜻한 차를 준비했어요."

아침부터 마당 한쪽에서 창을 휘두르던 양소은이 동작을 멈추고 땀을 닦는다.

"고마워. 매일 얻어먹기만 해서. 다음엔 내가 준비할게."

제갈영이 베, 소리를 내며 혀를 내밀었다.

"소은 언니가 만든 차를 마시면 탄 맛이 나서 싫어. 나는 백리 언니가 타 주는 차를 마실 테야. 소은 언니가 타 주는 차를 마시고 독살의 위협을 느끼느니 맹물을 마시는 게 낫지."

"이게?"

양소은이 제갈영을 쫓아가 때리려는 시늉을 하자 제갈영이 백리연의 뒤로 숨었다.

"왜 맨날 때려! 그것도 키 안 자라게 머리만!"

"네가 맞을 소리만 골라 하니까 그렇지!"

하지만 제갈영의 머리를 콩 하고 때린 건 백리연이었다.

"아얏."

백리연은 화사한 미소를 지으며 말했다.

"제갈 동생도 이제 제대로 차를 타는 법을 배워야 하지 않겠어?"

"싫어. 백리 언니가 해 줘."

양소은이 나무 밑동을 잘라다 만든 간이 걸상을 끌어다 앉았다.

"누구는 소은이고 누구는 백리냐? 똑같이 나한테도 양 언니라고 하던가."

제갈영이 입술을 손끝으로 누르며 뾰루퉁한 표정을 지었다.

"하지만 양 언니라고 하면 왠지 이상한걸?"

"아니, 나는 너와 별로 친하지 않은데 왜 내 이름을 막 부르냐는 거지."

백리연이 끼어들었다.

"아침부터 티격태격하는 걸 보니 벌써 많이 친한 것 같은데요, 뭘."

양소은과 제갈영이 동시에 소리쳤다.

"누가!"

백리연이 입을 가리고 푸훗 하고 웃었다.

거기까지는 어디에서나 볼 수 있는(?) 매우 평온하고도 훈훈한 일상의 모습이었다.

그런데 그 때 일상의 정적을 깨는 갑작스러운 목소리가 들려왔다.

"저는 땔감 좀 주워 올게요."

분위기가 급반전했다.

세 소녀들은 흠칫 놀랐다.

마당에는 분명 세 소녀밖에 없었다. 한데 발자국 소리도, 심지어 별다른 기척도 없이 갑자기 말소리가 들려온 것이다.

그리고 아무것도 없던 자리에 원래 있던 것처럼 장건이 서 있었다.

백리연이 놀란 가슴을 가라앉히며 말했다.

"사람이…… 기척은 좀 내고 다녀요."

"냈는데요."

"기척을 냈다고요?"

백리연이 양소은을 돌아보니 양소은이 고개를 끄덕였다.

"조금. 아주 조금. 진짜 나도 긴가민가했어."

장건은 조금 미안해했다.

"아? 누님밖에 몰랐어요? 미안해요, 다음엔 지금보다 한 세 푼 정도 기척을 더 내도록 해 볼게요."

백리연은 무슨 표정을 해야 할지 몰라 우는 것도 아니고 웃는 것도 아닌 이상한 표정을 짓고 있었다.

'도대체 세 푼 더 기척을 낸다는 게 무슨 뜻이람? 기척도 조절할 수 있는 거였었나?'

그냥 헛기침이라도 한 번 하면 될 텐데 굳이 세 푼이라는 '구체적이지만 이해할 수 없는' 단위를 제시하는 건 뭐란 말인가!

백리연은 고개를 설레설레 내저었다.

좀 전까지 방 안에 있던 장건이 문 여는 소리도 없이 밖으로 나왔다는 건, 지금 하는 말에 비하면 그냥 애교 수준이었다.

"아무튼, 차 준비했으니까 마시고 가요."

따스한 김이 올라오는 찻주전자를 든 채 웃고 있는 백리연의 모습은 운무가 짙게 깔린 뒤 풍경과 어울려 한 폭의 그림 같았다.

문득 백리연의 입술에 시선이 맺힌 장건이 살짝 얼굴을 붉혔다.

"아, 아녜요. 괜찮아요."

양소은이 젖은 머리카락을 뒤로 묶으며 말했다.

"땔감 같은 건 상달을 시켜도 되잖아."

장건이 양소은을 돌아보았다.

양소은은 아침부터 수련을 하느라 팔다리가 드러나는 가벼운 차림이었는데, 땀에 젖어 착 달라붙어 있었다.

구릿빛이 살짝 감도는 탄탄한 근육 위로 흐르는 땀방울이 반짝거린다.

정말 한 치의 군살도 없는 매끄러운 몸매였다.

여자다운 몸매라서 좋다는 것보다는, 잘 단련되어 정돈된

근육이 장건의 맘에 딱 들었다.

"……."

장건은 자기도 모르게 멍해졌다가 깜짝 놀라서 시선을 회피했다. 폭포에서의 일 이후로 자꾸 시선이 이상한 쪽으로 가서 곤란했다.

"상달 형은 일 있다고 새벽부터 마을에 내려갔으니까 내가 해야죠."

제갈영이 손을 흔들었다.

"그럼 다녀 와아."

장건이 제갈영의 해맑은 얼굴을 보며 마주 웃었다.

"으응."

스르륵.

곧 장건이 움직인다 싶은 느낌도 없이 순식간에 멀어져 갔다. 걷는다기보다는 미끄러지고 있다는 말이 어울리게 사라졌다.

"……."

세 소녀는 한참의 시간이 지날 때까지 장건이 간 방향을 한참이나 응시하고 있었다.

그러다가 문득 제갈영이 긴 숨을 내뱉었다.

"휴우우!"

제갈영은 조마조마했다는 얼굴로 품에서 육포를 꺼냈다.

"자자, 받으세요. 받아요, 언니들."

양소은과 백리연은 마다하지 않고 제갈영에게 육포를 건네받았다.

"아아, 고마워."

"혹시 냄새라도 나서 걸릴까 봐 엄청 긴장했잖아."

양소은이 육포를 질겅질겅 씹으며 투덜거렸다.

"이게 무슨 꼴이람, 원."

백리연도 한숨을 내쉬었다.

"그러게요. 휴. 언니의 호위무사가 몰래 피단(皮蛋:삭힌 오리 알)을 사러갔다는 걸 들키면 안 될 텐데요. 질겅질겅."

오리 알이라는 말에 양소은과 제갈영은 침까지 꿀꺽 삼켰다.

"맛있겠다."

"히잉. 빨리 먹고 싶어."

"……"

왠지 모르게 신세가 처량해진 세 소녀였다.

제갈영이 육포를 씹으며 화제를 전환했다.

"그나저나 울 서방님 무공이 점점 더 세지고 있는데 어떡하지, 언니들?"

양소은도 심각한 표정으로 육포를 뜯으며 말했다.

"이번엔 정말 놀랐어. 뭘 어떻게 했는데 하루 만에 내가 기척을 겨우 느낄 정도가 된 거지?"

백리연이 끼어들었다.

"그것도 '의도적'으로 기척을 낸 거였죠. 기척을 조절한다는 건 마음만 먹으면 기척을 완전히 감출 수도 있다는 거예요, 장 소협은."

세 소녀들은 냠냠거리며 대화를 나누었다.

"말도 안 돼."

양소은은 약간 자존심이 상하는 듯 어금니로 육포를 힘껏 깨물었다.

자신도 나이에 비해서는 실력이 있는 편이다. 같은 나이의 후기지수들 사이에서라면 그래도 열 손가락 정도에는 꼽힐 수 있지 않을까 생각했다.

그런데 장건의 기척조차 느낄 수 없다니······.

백리연과 제갈영에게 제대로 말은 안 했지만, 솔직히 인기척을 느꼈다고도 할 수 없었다.

그냥 어디서 나뭇잎이 날아든 정도의 사소한 느낌이었다. 장건이 기척을 일부러 냈다고 했을 때에야 그게 장건이 낸 기척이라는 걸 알았다.

백리연이 말했다.

"문제는 그게 일부러 기척을 숨기고 다니려고 하는 게 아니라는 거죠. 장 소협에게는 그게 생활의 일부라는 게 문제예요."

양소은이 고개를 저었다.

"아니, 정말 문제는 제갈 꼬맹이가 말한 것처럼 무공이 점점 더 세지고 있다는 게 문제인 거지."

백리연은 비장한 목소리로 말을 내뱉었다.

"언니 말이 맞아요. 어쨌거나 이대로라면 우리가 꿈꾸는 행복한 생활은 물 건너갈 게 틀림없어요."

제갈영이 갑자기 '으앙!' 하고 울음 섞인 목소리로 외쳤다.

"영이는 좋은 옷 예쁜 옷 비싼 옷 입고 시비들의 시중을 받으면서 우아하게 살고 싶어! 무공 같은 거 안 해도 되니까 새끼손톱 기르고 싶단 말야!"

그 말에 백리연도 한숨을 푹 내쉬며 자기의 새끼손톱을 내려다보았다.

새끼손톱을 기른다는 것은 사대부의 부녀자들 사이에서 굉장히 유행하는 일이었다.

손톱을 기르면 일을 하는 데 있어 굉장히 불편하게 마련인데, 그럼에도 불구하고 손톱을 기른다는 건 아무런 일을 하지 않아도 될 만큼 풍족하고 여유롭다는 걸 뜻하는 것이다.

애초에 새끼손톱 따위에 관심이 없는 양소은은 제외하고서라도 백리연과 제갈영에게는 매우 심각한 고민 중에 하나였다.

하지만 지금 상황에서 보자면 그러한 일은 앞으로도 결코 불가능해 보였다.

얼마 전의 그 일 이후로 그녀들은 확실히 깨달았다.

며칠 전 저녁.

나물 몇 가지가 올라온 저녁상…….

절인 배추, 목이 볶음, 불린 고사리.

간소하다고 하기에도 과할 만큼 무척이나 소박한 밥상을 보며 백리연과 양소은, 제갈영은 한숨을 내쉬었다. 하다못해 소림사에서도 이런 공양식을 내어놓지는 않았었다.

'진짜 너무한다!'

그동안 장건은 밥을 제대로 먹지 못했다. 왜 그런지 젓가락만 깨작거리다가 겨우 밥만 다 먹곤 했다.

약간 왜소한 편인 장건을 생각해서 끼니마다 육류와 생선을 놓는 수고를 했음에도 그러했다.

상달이야 더 남기라며 자신이 잔반 처리를 자청했지만, 세 소저들은 미래의 낭군이 걱정스러울 수밖에 없었다.

'고기가 싫은가?'

하지만 장건에게 이유를 대놓고 묻기에는 쉽지 않았다.

셋의 경쟁 구도가 점차 치열해지고 있는 중이었다. 만약 장건에게 눈치 없다고 찍히기라도 하면 크게 점수를 잃는 셈이니까.

그래서 고민 끝에 세 소녀는 결국 장건에게 한 끼를 직접 차려 주길 부탁하는 것으로 합의했다. 서로 묻기엔 눈치도 보이고 하니 나름대로 전략적인 합의인 셈이었다.

장건이 보통 먹는 식으로 먹어 보자고 눈치를 보며 제안을 한 것이다.

그 결과로 이런 당황스러운 밥상이 나왔다.

'예, 예상은 했지만 그래도 이건……'

백리연은 밥을 보고 기가 막혔다. 밥을 불에 올려 지은 것도 아니고 물에 불려서 거의 생쌀을 씹어 먹어야 했다.

'평상시에 이렇게 먹는다고?'

일말의 공포감까지 느끼며 양소은이 장건을 쳐다보았다.

그런데 장건이 밥상, 그것도 유일한 요리에 가까운 목이버섯볶음을 보며 한마디 중얼거리는 게 더 충격적이었다.

"버섯도 생으로 먹는 게 맛있는데 어디서 구해 올 수도 없고."

양소은은 경악했다.

'버섯도? 그럼 겨울만 빼고 평상시엔 버섯이고 나물이고 그냥 뜯어 먹는 거야?'

앞날이 컴컴해지고 있었다.

앞으로 장건과 살게 되면 이런 밥을 먹고 살아야 하는 것인가!

못사는 집안에서 자란 것도 아니고, 이름만 대면 알아주는 세가에서 부유하게 자란 소저들이다. 어쩌다 한 끼라면 모를까 이렇게 먹고 산다는 건 지옥 같은 일이었다.

아무리 예상은 하고 있었어도 정신적인 타격이 컸다.

"……"

밥상을 바라보던 제갈영이 질린 표정으로 물었다.

"저어기…… 반찬 한 가지만 더 올리면 안 돼?"

부엌에는 상달이 사 온 반찬이 아직 남아 있었다. 서민들은 구경하기 어려운 절인 생선도 있다.

제갈영은 생선이라도 구워 먹어야지, 하고 생각하고 있었다.

"그냥 반찬이 너무 적지 않나 해서 물어보는 거야. 영이가 고기를 먹고 싶어서 그런 게 아니구."

장건은 그게 무슨 소리냐는 듯 되물었다.

"응? 반찬이 세 가지나 있는데?"

흠칫.

"오, 오라버니는 고기 싫어해?"

"아니, 싫어하지 않아."

"근데 왜 반찬 중에 고기가 없어? 고기가 별로면 생선도 있는데."

장건이 당연하다는 표정으로 대답했다.

"고기든 생선이든 구우려면 나무를 때야 하잖아. 반찬이 없는 것도 아닌데 그럴 필요가 없을 거 같아서. 고기는 내일 먹으면 돼."

제갈영이 입을 딱 벌리고 어이없다는 표정을 짓자, 장건이 타이르듯 말했다.

"노사님이 일식에 삼찬을 넘겨서는 안 된다고 하셨거든.

반찬이 한 가지 늘 때마다 업이 열 배로 쌓인대."

말은 위로하는 투인데 제갈영에게는 전혀 위안이 되지 않았다.

'반찬 하나 더 먹겠다는데 무슨 업까지 쌓여!'

이건 정말 너무했다.

제갈영이 볼을 부풀렸다. 입이 삐죽 나왔다.

"그럼 세 가지 먹는 거보다 하나만 먹으면 더 많이 쌓이겠네? 아예 안 먹으면 완전 많이 쌓이겠네?"

장건이 고개를 가로저었다.

"아니, 그렇지 않아. 반찬을 안 먹어서 스스로의 몸을 학대하는 것도 악업을 쌓는 것이니까 반찬 투정을 하거나 편식하면 못쓴다고 하셨어."

삐쳐서 하는 말인데 설교로 돌아왔다.

울컥!

제갈영은 눈물이 날 뻔했다.

'오라버니야말로 편식하고 있잖아!'라는 말이 목까지 치밀었다.

제갈영의 생각에 장건은 맛없는 것만 골라먹는 것 같았다. 맛있는 것만 골라먹든 맛없는 것만 골라먹든 편식은 편식이 아닌가!

"그럼 일부러 굶으면서 수행하는 스님들은? 그분들은 다 몹쓸 사람들이야?"

이번에야말로 장건이 말문이 막힐 거라 생각한 제갈영이었다. 그러나 장건은 이미 같은 질문을 굉목에게 한 적이 있었다.

장건은 아무렇지 않게 웃으며 대답했다.

"아니. 그건 일부러 고행을 택한 경우니까 다른 거야. 하지만 평소에 선업을 쌓으면 일부러 고행을 할 필요도 없으니, 아예 악업을 쌓지 않도록 조심해야지."

반찬 하나 더 먹겠다고 했다가 선업에 악업에 고행까지 다 나왔다.

제갈영은 입을 떡 벌렸다.

'내가 이런 말까지 들어야 돼?'

반찬 한 가지 더 먹겠다는 게 왜 이렇게 힘든 것일까.

갑자기 제갈영은 서러워졌다.

"오라버니 미워! 으아앙!"

가뜩이나 일렬로 선 밥알과 나물들이 밥맛을 뚝 떨어지게 만든 판이었다.

거기다 장건의 태도가 마침표를 찍었다.

제갈영은 젓가락을 내던지고 뛰쳐나갔다.

"어? 영아!"

그러나 백리연도 양소은도 제갈영을 말리지 못했다.

두 사람 역시 큰 충격에 빠져서 헤어 나오지 못하는 중이었다.

무공이 강해지면 그것도⋯⋯ 강해진다? 39

'안 돼!'

'이건 아냐!'

백리연이 겨우 정신을 수습하고 장건에게 물었다.

"저기요, 장 소협."

"네?"

"정말 고기 싫어하는 건 아니죠?"

"네. 정말 싫어하지 않아요. 딱히 좋아한다고도 할 수 없지만 먹기 싫은 건 아녜요."

"그, 그럼……."

더 이상 참을 때가 아니었다. 그간 장건이 왜 밥을 제대로 먹지 못했는지 물어야 할 때였다.

불안한 것은, 이미 백리연이나 양소은이나 장건의 대답을 거의 예측하고 있었다는 점이었다.

그래도 확실히 장건의 입을 통해서 들어야 했다.

양소은이 망설이다가 물었다.

"그럼 그동안 밥을 제대로 먹지 않은 건……."

장건이 부끄럽다는 듯 뒷머리를 긁으며 대답했다.

"아하하. 그게요, 반찬이 막 대여섯 가지씩 되고 그러다 보니까 이상하게 손이 떨려 가지고…… 잘 못 먹겠더라고요."

'헉!'

'허걱!'

양소은과 백리연은 심장이 덜렁 내려앉았다.

'그걸로 손까지 떨리냐!'

'반찬이 두 가지 더 많았다고 먹지도 못할 정도인 거였어!'

땔감이 아깝다고 고기를 반찬에서 빼 버리고 풀때기 세 접시만 놓았을 때부터 이미 예상한 바였으나, 해일처럼 밀려온 충격은 좀처럼 가시지 않았다.

'손이 떨려 가지고요…… 손이 떨려 가지고요……'

백리연과 양소은의 머릿속에 장건의 대답이 자꾸만 맴돌고 있었다.

그날 이후 오두막의 밥상은 풀 세 종류만이 간소하게 차려지기 시작했다.

'ㅇㅇㅇ'

그때의 생각을 동시에 떠올린 세 소녀는 몸을 부르르 떨었다. 눈치가 보이니 어쩔 수 없이 먹는 게 조심스러워졌다. 그렇게 며칠을 지내다 보니 허기가 질 수밖에 없었다.

당연히 풀때기 몇 개로 배가 찰 리 없으니 아침부터 몰래 육포를 먹고 있는 것이었다.

장건을 이해하지 못하는 바는 아니었다. 아니, 오히려 장건에 대해 잘 알고 있는 세 소녀들이다.

장건은 아끼기 위해 무공을 배웠다.

그것은 장건의 무공이 강해질수록 아끼는 마음도 커진다는 뜻이다. 무공이 강해지면 강해질수록 더욱 더 심해진다고

무공이 강해지면 그것도…… 강해진다? 41

보면 된다.

문제는 아끼는 마음이 단순히 무공에 한해서가 아니라 생활 전반에 걸쳐서 적용된다는 점이었다.

왠지 굉장히 쓸데없어 보이지만, 인기척을 내는 것조차 '세푼'이라는 식으로 조절할 정도로 장건은 뭐든 아끼고 있는 중이다.

장건의 무공이 고강해지는 거야 아내 될 입장에서 좋긴 하지만…… 무공이 강해지는 만큼 그에 비례해서 장건이 더욱더 심한 구두쇠가 되어간다는 건 생각만 해도 끔찍한 일이었다!

장건의 무공 수준이 사실상 지금도 강호에서 한 손에 꼽을 정도인데 나이까지 어리니, 앞으로 얼마나 무공이 세질지…… 아니, 짠돌이가 되어 갈지 상상도 되지 않는 것이다.

무공이 강해질수록 절약 정신도 강해지는 이런 절망적인 상황을 어떻게 타개해야 한단 말인가!

소녀들의 얼굴은 막막했다.

덜덜덜.

제갈영이 손을 떨며 백리연을 쳐다보았다.

"언니, 이상해. 나 갑자기 손이 떨려."

백리연이 언 손을 녹이듯 제갈영의 손을 꾹 쥐었다. 그러는 백리연 역시 어깨를 부르르 떨고 있었다.

"침착하렴. 반드시 우리가 할 수 있는 일이 있을 거야."

그러나 지금 상황으로는 요원한 일이었다.

아무리 시켜도 장건은 평범하게 걷는 것조차 못 하고 있었다.

뭔가 조금씩이라도 나아져야 하는데 연습을 하면 할수록 더 힘들어했다.

그 이유가 장건의 무공이 더 강해지고 있기 때문에…… 다르게 말해서 걷는 동작에 대한 절약이 더 심해지기 때문에…… 라는 게 분명했다.

"어떻게 한다……?"

양소은이 길게 탄식했다.

오황이 어떻게든 해 주길 바랐지만, 지금은 오황이라고 해도 장건을 감당할 수 있을 것 같지가 않았다.

*　　*　　*

장건은 땔감을 주우러 간다는 핑계로 오두막에서 한참 떨어진 공터로 나왔다.

"휴!"

그제야 조금 안정이 된 듯 한숨을 길게 내쉬었다.

왜 그런지는 모르겠는데, 자꾸만 가슴이 두근두근 하고 뛰었다. 폭포에서의 일 이후로 종종 이런 일이 생기곤 했다.

기분 나쁜 느낌은 아니었지만 신경이 쓰이는 건 사실이었다.

그래서 그게 무슨 느낌인가 하고 계속 신경을 쓰다 보면 뭔가 상태가 점점 더 이상해져만 간다. 나아지는 기색도 없고 더 나빠지기만 한다.

몽롱하게 귓가에 깔깔대는 목소리가 들려오고, 머리에는 그녀들이 했던 행동들이 떠오른다. 가만히 내버려 두면 시간만 아깝게 계속 똑같은 일이 반복되는 것이다.

아까도 그래서 얼굴을 똑바로 보기가 힘들었다.

그때의 일이 연상되어 얼굴이 화끈거렸다.

"아아, 모르겠다."

장건은 또다시 상념에 빠질까 봐 힘차게 고개를 털었다.

뭔지도 모를 생각에 자꾸만 빠지는 것보다 지금은 해야 할 일이 있었다.

땔감을 주우러 나왔다고는 했지만, 사실은 몰래 연습을 하러 나온 것이기도 했다.

바로 평범하게 걷는 연습이다.

잘 되지도 않는데, 가뜩이나 신경 쓰이는 그녀들이 지켜보고 있으면 부담스럽기 때문이었다.

하지만 혼자 집중한다고 잘될 리가 없었다.

장건은 마치 처음 걸음을 하는 아이처럼 한참이나 끙끙댔다.

"우야아…… 압……."

몇 걸음 걷지도 못하고 몸을 배배 꼬다가 기합 비슷한 신음 소리를 냈다.

연습한 지 얼마 되지도 않았는데 벌써 이마에 땀이 흐르고 있었다.

"후아아!"

짐을 던져 버리듯 크게 숨을 내뱉은 장건이 인상을 확 구기며 입을 삐죽 내밀었다.

"어휴! 완전 어렵네. 뭐가 이렇게 안 돼!"

장건은 고개를 탈탈 털었다.

목표로 한 앙상한 나무 덤불까지는 겨우 이장여.

그런데 고작 그 거리를 걸어갈 수가 없었다. 물론 '평범하게' 걷고 싶은데 그게 안 된다는 것이다.

머리로는 대충 그려지는데 몸이 말을 듣지 않아 한 걸음을 옮기는 데도 한 세월이 걸렸다.

이까짓 게 왜 그리 어려운 거야!

어찌나 힘을 줬는지 팔다리에 쥐가 다 올 지경이었다.

평범하게 걷는 법은 연습하는 것조차 힘들다. 하루에 최소한 반나절씩은 연습했는데도 불구하고 점점 더 힘들어지는 기분이었다. 어지간한 무공보다 더 어렵다.

무공이라 생각하고 하려 해도 본능적으로 몸이 거부해서 잘 되지 않는다. 억지로 하다 보니 또 그만큼 상당한 심력을 쏟아야 해서 금방 녹초가 되어 버렸다.

"정말 이게 무슨 말도 안 되는 짓이야, 으그그그."

장건은 나무 둥치에 걸터앉아 팔다리를 쭉 폈다. 팔다리가 저려서 찌릿찌릿했다.

"하아."

좀처럼 진전이 없어 답답하다.

날은 선선한데 어느새 온몸은 땀투성이다. 고작 이런 일에 땀이 난다는 것도 신기할 지경이었다.

스르륵.

바람 한 줄기가 장건의 이마에 맺힌 땀방울을 훔치고 지나갔다.

장건은 약간 멋쩍게 느낌을 담고 허탈하게 웃었다.

"이건 내가 일부러 생각하지 않아도 이렇게 쉽게 되는데."

사사삭.

장건의 얼굴에 맺혀 있던 땀방울들이 거짓말처럼 허공으로 밀려나며 흩어진다.

정말 바람이 부는 것이 아니었다. 장건의 머리카락은 한 올도 휘날리지 않는다. 공기는 아무런 움직임도 없이 평온하다.

그런데 장건의 얼굴에 있던 땀방울만 바람에 씻겨 나가고 있었던 것이다!

장건이 잠시 눈을 감았다가 안법을 사용하며 눈을 떴다.

스르르.

투명한 아지랑이가 눈앞에서 하늘거린다.

풀줄기가 자라듯 장건의 몸에서 뻗어 나온 기의 가닥이었다. 안법을 쓰지 않으면 보이지 않는 기의 가닥을 움직여 땀을 훔치고 있는 중이었다.

"고마워."

알아들은 듯 기의 가닥 끄트머리가 끄덕거린다. 실제로는 기의 가닥이 알아서 움직이는 게 아니라 장건이 움직이는 것이지만.

장건은 조금 더 정신을 집중했다.

스르륵.

등과 어깨에서 기의 줄기가 몇 개 더 뻗어 나온다. 마치 나뭇가지처럼, 날개처럼 기의 가닥이 튀어나와 하늘거린다.

장건은 기의 가닥으로 동그라미를 여러 개 그렸다. 끝이 돌돌 말린 동그란 고사리 모양으로 기의 가닥들이 꼬아졌다.

"내 생각대로 움직이는 거니까 의지는 의지인데, 느낌은 아직도 많이 다르네."

공명검을 생각하며 장건은 이리저리 모양을 만들었다.

네모난 모양도 만들고 칼처럼 뾰족한 모양도 만들고, 주먹 같은 모양도 만들고.

"좋아, 너희들 잘했어."

장건은 마치 대장이 된 듯 칭찬을 했다.

그러더니 이내 눈살을 살짝 찌푸렸다.

"남들처럼 평범하게 걷는 건 그렇게 안 되는데 이런 건 왜 이렇게 잘 돼?"

기의 가닥은 장건이 원하는 대로 움직인다. 물건을 집을 수도 있고 손처럼 사용할 수도 있다. 아니, 손보다도 더 훨씬 편하게 움직일 수 있는 게 바로 기의 손이다. 장건에게는 기의 가닥이 또 다른 손이나 다름없었다.

장심이 아닌 다른 부분에서 기를 내는 것은 꽤 어려운 일이다. 잠깐만 정신을 팔면 순식간에 공기 중으로 기가 흩어져 버려서 없어진다.

그럼에도 불구하고 장건은 며칠 전보다도 훨씬 자유롭게 기를 내고 움직일 수 있었다. 이제는 몸의 어디에서도 기의 가닥을 뽑아내고 움직이는 게 가능하다.

처음엔 이렇게까지 못 했는데 평범해지는 수련(?)을 하다가 심심할 때마다 가지고 놀던 것이 지금에 이르렀다.

정작 평범해지는 건 안 되는데 이런 어려운 건 며칠 되지도 않아서 자유로이 되는 것이니, 절로 한숨만 나올 뿐이다.

"쩝."

장건은 크게 한숨을 내쉬며 엉덩이를 털었다. 그다지 한 것도 없는 것 같은데 어느새 해가 중천에 떴다.

"벌써 점심때잖아? 휴우, 땔감이나 얼른 주워 올라가야겠다."

그렇게 생각하는 순간 벌써 기의 가닥이 튀어나갈 준비를 한다.

사실 땔감을 주워 가는 일도 별로 어렵지 않다. 허리를 굽힐 필요도 없고 손으로 주울 필요도 없다.

그냥 마른 나뭇가지가 보이면 '줍는다.'라는 생각을 하는 것으로 충분하다. 기의 가닥에 명령을 내리는 것과 같다.

기의 가닥은 장건의 의지에 따라 마른 나뭇가지를 주워 들고, 장건은 손가락 하나 까딱하지 않고서도 나뭇가지를 주울 수 있는 것이다.

아니, 직접 허리를 굽혀 손으로 주우려 해도 벌써 기의 가닥이 나뭇가지를 주워 들고 있었다.

직접 손으로 나뭇가지를 주웠던 게 고작 며칠 전이었다.

그런데 며칠 만에 그 동작을 몸이 거부하고 있는 것이다. 더 편한 방법으로 할 수 있는데 왜 굳이 힘들여서 몸을 움직이느냐며 반항을 하는 셈이다.

"하아, 나도 모르겠다."

장건은 고개를 절레절레 흔들었다.

평범하다는 건 정말 어려운 일이었다. 몇 번이나 자문해 봐도 스스로는 해답을 구할 수 없었다.

세상에서 제일 어려운 게 평범해지는 일인 것 같았다.

제2장

오황의 단상(斷想)

지금보다 젊었을 적, 오황은 자신의 별호가 마음에 들지 않았던 때가 있었다.

'지금이야 오황이든 뭐든 상관없지만, 수십 년이 흐른 뒤에는 어떤 놈이 내 별호를 보고 거지 왕초라고 오해할 수도 있는 노릇이 아닌가.'

당장이 아니라 수십 년, 수백 년 후에는 별호만 보고서 충분히 그렇게 오해할 여지가 있었다.

'그건 별로 원치 않는 일인데.'

이왕이면 다홍치마라고, 수백 년 후까지 생각해서 별호 중에 용(龍)이나 협(俠) 같은 멋진 글자가 들어가는 것도 괜찮을 듯싶었다. 물론 그에 걸맞은 무공 실력은 충분히 지니고 있었다.

그러나 통상적으로 별호는 자신이 만드는 것이 아니라 남이 불러 줄 때에 비로소 그 가치가 있는 법이다.

간혹 — 대부분이 사파나 흉악한 자들이지만 — 몇몇이 스스로를 운남사룡(雲南四龍)이니 용맹쌍협(勇猛雙俠)이니를 자칭한다면, 사람들은 절대 그대로 부르지 않는다. 사사(四蛇)니 쌍마(雙魔)니 하고 비꼬아 버린다.

그것이 뒤틀린 마음 때문인지 배배 꼬인 심정 때문인지는 알 수 없으나, 어쨌든 강호사에 남는 이름은 남들의 입에서 회자되는 별호인 것이다.

강호사에 제대로 된 명호를 남기고 싶다면 남들이 제대로 불러 주길 바라야 했다.

'그럼 어떻게 한다?'

딱히 좋은 생각은 떠오르지 않았다.

그래서 오황은 가장 평범한 방법을 택했다.

그것은 바로 선량한 백성을 괴롭히는 산적들을 찾아가 토벌하는 것이었다.

흔히 강호 초출들이 하는 행동인데, 보통 산적이나 악행을 저지르는 놈들 몇 잡고 나면 협이니 용이니 하는 글자를 별호에 붙여 주는 것이 강호의 관례 아닌 관례다.

오황은 즉시 산적들의 소굴로 찾아가 실력을 행사했다.

철없이 덤비는 산적들은 물론이고 얼굴을 알아보고 덤비지 않는 산적들까지 몽땅 두들겨 팼다.

그리고 그 앞에 서서 말했다.

"너희들은 살아 쓸모없는 놈들이니 내 친히 숨을 끊어 주겠노라."

"사, 살려 주십시오!"

"목숨만 살려 주시면 무슨 일이든 하겠습니다!"

산적들이 모두 무릎을 꿇고 엎드려 살려 달라 간청했다.

오황은 잠깐 고민이 되었다.

'이놈들을 어쩐다? 다 죽여, 말아?'

가장 깨끗한 건 역시나 싹 죽여 없애는 것이었다. 그게 뒤탈도 없고 깔끔한 방법이다.

하지만 좋은 별호를 만들기 위해 시작한 일이었다. 강호 초출도 아닌데 산채 하나둘 정리해 봐야 티도 안 난다. 그래도 명성이 있는데 몇 개 정도의 산채를 정리해야 협 정도의 글자를 별호에 붙여 줄 것 같았다.

그런데 그때마다 다 죽여 버린다면 적어도 수백에서 수천의 목숨을 앗아야 한다.

'그랬다가는 괜히 보기 안 좋게 살(殺) 자 따위가 붙은 별호를 가지게 될 텐데……'

청성의 검 풍진이 복수를 위해 산적 수십을 도륙했다가 협은커녕 섬살야차라는 귀명(鬼名)을 얻은 걸 오황은 잘 알고 있었다.

'거지왕이 되기 싫다고 시작한 일인데 살인왕이 되는 것도 썩 내키는 일은 아니란 말이지.'

그래서인지 눈물 콧물 다 흘리며 애걸복걸하는 산적들을 보니 불쌍하다는 생각이 들기도 했다.

'그래, 이자들도 본래부터 악한 자들은 아니었을 터.'

오황은 짐짓 저어하며 산적들의 앞에서 고민하는 척했다.

"좋다, 내 너희들을 가련하게 생각하여 목숨만은 붙여 주도록 하마."

"대협!"

"역시 대인이십니다!"

산적들은 오황을 보고 만세를 불렀다. 개중에는 평생 대형으로 모시겠다고 눈물을 흘리는 자도 있었다.

참 희한하고 재미있는 노릇이었다.

때린 놈이 아니라 맞은 놈이 고맙다고 때린 놈을 대협이라고 외치고 있으니 말이다.

주먹질 몇 번에 말 몇 마디 했을 뿐인데 오황은 산적들에게 대협객이 되어 있었다.

왠지 기분이 좋아진 오황은 역시 이것이 제대로 된 방법이라 생각하면서 이후로 산채 몇 군데를 더 찾아가 같은 행동을 했다.

완벽히 일방적인 폭력을 마치고 산채를 나올 때마다 오황의 뒤에서는 어김없이 대인과 대협, 그리고 대형이란 외침 들이 배웅을 했다.

 일부 산적들은 오황에게 금붙이 따위의 재물을 건네기도 하였으나 오황은 일절 받지 않았다. 훔친 재물을 또 훔쳤다가는 별호에 적(賊) 따위나 붙을 터였다.

 별호 한 자 까지도 신경을 써야 하니 참 피곤한 일이었다.

 그런 일이 계속되면서 산적들로 인해 피해를 본 근처의 마을들도 오황의 협행을 칭송해 마지않았다.

 산적들의 동맹체인 녹림연합이 오황의 행동에 발끈하였으나, 이미 오황의 명성은 익히 들어 알고 있었다. 괜히 건드려서 개방의 꼴이 나느니 기다리는 것이 나았다.

 녹림연합까지 쥐죽은 듯 침묵을 지키자 오황은 누구의 제지도 받지 않고 자신의 뜻을 계속해서 펼칠 수 있었다.

 오황은 매우 기뻐했다. 이제 자신에게 무슨 별호가 붙을지 무척이나 궁금했다.

 생각보다 일이 잘되어 내심 기대도 되었다.

 나이가 있으니 용 자를 붙이기는 뭐해도 어쨌든 강호에서의 위치도 있고 하니 좋은 별호가 생기지 않겠는가.

 그러나 오황의 행동을 칭찬하는 분위기는 아주 잠시뿐이었다.

 정말로 아주 잠시 잠깐이었다…….

 얼마 지나지 않아 잘했다고 하기는커녕 다른 말들이 나돌기 시작했다.

"오황이 심심풀이로 산채를 건드리고 다닌다면서?"

"이번엔 또 무슨 바람이 든 거래?"

"몰라. 갱생시키겠다는 것도 아니고 토벌을 하겠단 것도 아니고, 그렇다고 잡아서 관가에 데려간 것도 아니고······."

"허어, 그럼 돈이 궁해서 산적들을 터는 겐가?"

"그것도 아니라더만. 심지어는 돈을 뺏는 것도 아니래."

"그럼 도대체 뭐야?"

"그냥 두들겨 팬 다음에 살려 주겠다고 그런대."

"······그러니까 그게 뭔데?"

"모른다니까?"

"허에! 망할, 힘이 없다고 놀리는 거야, 뭐야? 우내십존씩이나 되어 가지고 피라미들 괴롭히면 그렇게 재미난가 보지? 산적들도 어차피 먹고살기 힘들어서 산적질을 하게 된 거 아냐. 아무리 자기가 힘이 세도 그렇지 사람을 가지고 노는 건 너무하잖아. 사람이 놀잇감이야?"

오황은 졸지에 하릴없이 힘이나 과시하는 졸렬한 졸장부가 되어 버리고 말았다. 그리고 산적들을 향한 동정론이 일기 시작했다.

"뭔가 이상한데?"

그래도 오황은 '오황' 말고 다른 별호가 생길 거라는 작은 기대를 버리지 않았다. 뭐가 붙든 오황이라 불리는 것보다는 낮지 않겠는가.

그게 굳이 산적들을 찾아가는 수고까지 한 이유니까.

하지만 사람들은 산적들을 때려잡은 이유에 대해 오황과 견해가 많이 달랐다.

"내 사촌에게 들었는데 중남산 산적들이 도적질을 하다가 오황을 못 알아보고 온갖 욕설을 퍼부었대. 그 때문에 오황이 돌아다니면서 산적들을 두들겨 패기 시작한 거래."

"아, 그게 빌미였어? 아니, 거, 얼굴에 이름 써 가지고 다니는 것도 아닌데…… 아무리 산적이래도 너무하구먼."

"개방이 당한 꼴을 보면 알잖은가. 한번 걸리기만 해 봐라 이거지. 우리끼리 얘기지만 그게 어디 사람인가? 눈에 보이면 아무나 물어뜯는 미친개지."

"하여간 누가 오황 아니랄까 봐. 그렇게 성격이 더러우니까 오황이지, 달리 오황이겠어? 누군지 몰라도 참 별호 하나는 참 잘 지었어."

"그러게 말일세."

결국 오황은 여전히 오황인 채가 되었다.

"허!"

맹세컨대 오황은 중남산의 산적 따위는 본 적도 없었다. 산적들과 일이 생겼으니 산적들을 빌미로 일이 생겼다는 건 그나마 이해하겠는데 중남산이란 듣도 보도 못한 지명은 도대체 어디서 나온 것일까?

"뭐지? 이 병신 같은 상황은?"

하나 억울하다고는 할 수 없었다.

소문 그대로 오황은 산적을 갱생시키거나 토벌할 의도가 전혀 없었다. 힘을 과시하거나 화풀이를 할 의도도 아니었으나 어쨌든 순수하지 못한 의도로 괴롭힌 것은 사실이었으니 말이다.

그때의 일로 오황은 깨달았다.

흔히 사람을 두고 말할 때, 인격과 성격은 거의 구분되지 않는 편이다.

인자하고 어진 사람이라 말한다면 통상적으로는 인격도 훌륭하고 성격도 좋기 마련이다. 그래서 사람들은 그냥 '괜찮다'는 것으로 인격이든 인품이든 성격이든 뭉뚱그려 말하곤 한다.

그러나 그 괜찮다는 평은 상황이나 처지에 따라 매우 달라질 수 있는 괴이한 해석이 된다.

만일 셈을 할 때 양심을 속이지 않고 한 푼의 부당한 이득도 없이 거래하는 상인이 있다면, 그는 두말할 것 없이 훌륭한 인격을 가진 사람일 것이다. 그런 사람의 이야기를 들으면 모두가 엄지손가락을 추어올리며 괜찮은 상인이라 한다.

그러나 실제로 그런 사람과 거래하게 되면, 딱히 괜찮다는 말이 나오지 않게 된다. 한 푼도 깎아 주지 않고 에누리도 없으니 꼬장꼬장하고 깐깐하다고 욕이나 한다. 단골에게 한 푼 깎아 주는 것도 아까워하는 돈에 눈이 먼 장사꾼이라고 한다.

그런데!

오히려 가난한 이를 상대로 물건 값에서 한 푼을 감해 주고, 부자에게 한 푼을 더 받는 이상한 셈을 하는 이가 있다면 그는 훌륭한 상인이라 부른다!

전후 사정을 고려하지 않으면 그건 분명히 '물건 값을 마음대로 받는 악덕 장사꾼'인데도 말이다.

누구라도 '물건 값을 마음대로 받는 상인이 있다.'라는 얘기를 들으면 그런 천하의 몹쓸 놈이 어디 있냐며 분노할 것이 틀림없는데도 말이다.

그렇듯.

강호에 발을 딛고 살아간다는 것은 오롯이 자신의 뜻을 관철시킬 수 없다는 것을 의미한다. 어떤 생각으로 일을 벌이든 자신의 뜻대로 결과가 나오는 것이 아니며, 그것이 자신의 의도대로 평가를 받는 것도 아니다.

무공이 가장 보편적인 판단의 기준이지만, 무공만으로 모든 것이 해결되지도 않는다.

매 순간 타인의 시선과 평가가 끊임없이 이어지고, 그것이 쌓여 무림에서의 위치가 결정된다.

나 자신의 의도와 내가 행한 일, 그리고 그에 대한 사람들의 견해가 마치 살아 움직이는 것처럼 얽히고 얽혀서 수레바

퀴처럼 굴러간다.

온갖 이해와 소문과 오해마저도 더해져서 강호 무림은 매우 복잡하다. 하나의 유기적인 생명체의 활동처럼 흘러가는 강호, 무림인들은 그 안에서 살아가고 있는 것이다.

아예 손을 씻지 않는 이상…….

강호에서 타인의 시선과 평가는 떼어놓을 수 없는 숙명이라고밖에 할 수 없었다.

강호, 무림이란 곳…….

"이런 곳에서."

오황은 한마디를 중얼거리듯 툭 내뱉었다.

"이런 곳에서 남들과 다른 놈이 살아간다는 건 결코 쉬운 일이 아니지."

오황 역시 자신이 원하는 대로 살기까지엔 꽤 오랜 시간이 걸렸다.

형식과 틀에 얽매이지 않는 것을 이단이나 사마외도로 여기는 백도 무림에서 오황은 상식 외의 존재였다. 그래서 남들에게 인정받는 일이 쉽지 않았다.

아무리 오황이라 하더라도 사마외도의 무리로 몰려서 척살당하는 것은 원치 않는 일이었으니까.

그런 자신의 경험을 비추어 볼 때, 앞으로 장건의 행보는 매우 험난할 것이라는 예상이 될 수밖에 없다.

그나마 소림이란 벽이 있긴 하나 타 문파의 견제와 이해관

계가 얽혀 있어 안심인 상황은 아니다. 심지어 소림 내에서조차 장건을 '내어놓자.'라는 얘기가 나오고 있는 지경인 것이다.

이런 상황에서 장건이 선택할 수 있는 방법은 두 가지다.

첫 번째는 지금의 검성처럼 무지막지하게 강해지는 것이다. 그냥 단순히 강하다는 것으로 끝나는 게 아니라 정말로 검성과 한판 뜨면 누가 이길지 모르겠다고 사람들이 말할 정도로 강해져야 한다.

아무리 궤가 다르고 특이한 무공을 쓴다 하더라도 그쯤 되면 사람들이 대종사 급으로 인정해 준다. 그러면 사마외도에서 탈피할 수 있다. 함부로 사마외도라 부르지도 못한다.

누구도 강한 자를 일부러 적으로 돌리고 싶어 하지는 않는 것이다.

하지만 현재로써는 불가능한 일이다. 장건은 그런 수준에 오를 만한 최소한의 연륜이나 지식조차 부족하다.

두 번째는 좀 더 현실적인 방법이다.

지금보다 좀 더 평범해지는 것.

강함을 감추라는 게 아니라 '특이'함을 감추어 '비범'해지는 것이다.

비범과 특이의 간극(間隙)은 대단히 다르다.

비범한 천재는 형식과 틀 안에서 뛰어난 존재다. 많은 이들의 사랑과 질시를 동시에 받지만 절대 이상한 놈이란 말은

오황의 단상(斷想) 63

듣지 않는다.

하지만 특이한 놈은 반드시 이상한 놈이란 말을 듣는다. 그리고 이상한 놈은 절대로 좋은 평가를 받지 못한다. 아무리 뛰어나도 능력이 인정되지 않는다.

그냥 이상한 놈은 이상한 놈일 뿐이지, 강하고 세면서 멋진 이상한 놈 따위는 결코 아닌 것이다.

장건의 경우가 이러하다. 장건은 비범한 게 아니라 특이하다. 괴이하고 수상쩍다. 심하게 특별해서 질투의 대상이 되지도 못한다.

말 그대로 장건은 그냥 이상한 놈이다.

지금의 상태로는 계속 강해진다고 해도 여전히 이상한 놈이라는 꼬리말을 뗄 수가 없다.

그러니 남들의 눈에 가식적으로나마 '비범'해 보일 수 있다면, 장건도 좀 더 수월히 강호에서 자리를 잡을 수 있으리란 게 오황의 생각이다.

그리고 이 두 번째 방법이 바로 장건에게 해 주려던 대답이었다.

-이왕 남들의 눈에 뜨인 것. 특이가 아니라 비범함을 가장하라!

자신이 생각해도 정말 멋진 말이었다.

누구라도 이 말을 들으면 감동하지 않겠는가!

장건이 삼화열양장의 비밀을 풀든가, 혹은 삼 일이 지나 진실을 알게 되면 이 이야기를 해 주려 했다.

그런데······.

상황이 묘하게 뒤틀렸다.

장건이 하루 만에 들끓는 양기를 다 해소시켰다는 소식을 전해 들었을 때부터 이미 일은 뒤틀려 있다고 봐야 했다.

"흠."

장건이 어떻게 그 수법을 풀어냈을까 하는 것은 확실히 의문이었다.

가서 물어보는 자체는 그리 어려운 일은 아니었다.

하지만 자신만만하게 '과제를 풀고 나면 네 문제에 대한 해결책을 말해 주마!'라고 했는데, 너무 쉽게 풀어 버렸으니 민망한 탓이다.

장건이 자신의 사소한 속임수를 눈치채지 못할 거라고 호언장담했던 입이 부끄럽다. 그것도 장건은 보란 듯이 '이상한' 방법으로 해결했다지 않은가.

그래서 그 이상한 방법이 뭐냐고 상달에게 캐물었더니,

―스승님이 가르쳐 준 거라던데요?

라고 대답했다.

―니미, 똥간에서 퍼낸 똥 덩어리 같은 소리 하고 앉아 있네.
―진짠데요?
―진짜 내가 가르쳐 준 거라고?
―그렇다던데요?

오황은 잠시 생각했다.
가르친 기억이 없는데도 배웠다고 우기는 데에는 두 가지 경우가 있다.
한 가지는 장건이 거짓말을 한 경우고, 다른 한 가지는 오황이 가르치지 않았으나 행동이나 말에서 장건이 스스로 뭔가를 얻은 경우다.
이 경우에는…… 후자라고 할 수 있었다.
"허이고."
믿어지지 않지만 그것밖에는 없었다.
"반야원앙일체공이다."
오황은 장담할 수 있었다.
"건이 놈은 분명히 내가 준 그 잡서에서 단서를 얻었을 거다. 그러나 그건 그 책에서 영감을 얻은 거지, 책에 쓰인 내용이 아니야."
자신이 세 소녀에게 가한 점혈법은 알기도 어렵거니와 알아도 쉽게는 풀 수 없는 것이었다. 적어도 하루는 지나야 증세가 완화되면서 해법이 보일락 말락 하는 게 수순이었다.

물론 아주 풀 수 없는 건 아니었다.

문제를 낸 사람이 있으면 풀 수 있는 사람도 있는 법이다. 무공 실력이 낮아도 훌륭한 의술을 가졌거나 기감이 매우 뛰어나다면 가능하긴 하다.

그 해법을 삼류 춘화도에서 영감을 얻었다는 게 믿어지지 않지만 어쨌거나 장건이 해내었으니, 반대로 오황의 계획이 실패한 것도 사실이다. 그것은 오황이 충분히 장건을 파악하지 못하여 계산을 잘못했다는 것을 의미한다.

"이거 참, 꼴이 말이 아닐세그려."

오황은 머쓱한 얼굴로 클클하고 웃었다.

이미 어느 정도는 직감하였으나, 장건에게는 역시나 자신이 알지 못하는 무언가가 더 있는 모양이다.

"그렇다면…… 그게 뭘까나?"

오황에게는 장건을 책임져야 하는 일종의 의무가 지워져 있었다. 그러자면 장건의 무공에 전반적으로 흐르는 공통점 — 오황은 그것을 맥락이라 부르길 좋아한다. — 을 알아야 한다.

"모든 무공에는 맥락이 있고, 또한 무인이 하나의 무공을 자신의 것으로 완전히 소화했을 때에 거기에는 또한 자신만이 가진 맥락이 드러나게 되는 법."

오황은 장건의 움직임을 천천히 떠올리며 소림 무공 중의 하나를 직접 시연해 본다.

오른발을 비스듬한 사선으로 내밀며 앞꿈치로 땅을 단단히 디디고 손날을 세워 합장하듯 앞으로 쭉 내민다.

"소림 무공은 대체로 직선적이다. 화려하지 않고 힘이 있다. 다만 그것만 있다고 생각하는 것은 하수다."

이어 왼 주먹을 힘차게 내지른다.

팡!

타격음이 울리며 옷 주름들이 바짝 선다. 이어 한 손으로 왼손의 소매를 감싸며 주먹을 가슴으로 거두어들인다. 방금 강하게 내지른 것과는 전혀 반대의 느낌으로 차분하다.

"맹렬하게 쏟아 낸 후에는 다시 부드러워져 강유(剛柔)를 적절히 겸비하였으니, 이것이 진정한 소림 무공의 맥이라 할 수 있지."

처음의 자세로 돌아온 오황이 제자리에서 발을 구르며 기마 자세를 취한다.

"그럼에도 사실상 소림 무공은 단 일격으로 상대를 거꾸러뜨리는 맹공(猛攻)과 어떤 공격이든 받아 낼 수 있는 부드러운 방어의 수법이 칠 대 삼의 비율을 이루고 있다."

기마보에서 두어 걸음을 뒤로 물러나며 궁보를 취하고, 재차 옆으로 몸을 누이며 앞으로 세 걸음을 나아가 부보를 취한다.

"이는 소림의 보법에서도 잘 알 수 있는데 적을 두고 물러서지 않겠다는 소림의 의지가 반영된 것으로 본다. 보법 중에 도 삼의 물러남이 있는 것은 '망설임이 아니라 살심을 억누르는 자비심의 발로(發露)다."

오황은 소매를 떨치며 다시 평보로 섰다. 방금까지 취한 동작에 장건의 동작을 심상으로 입혀 본다.

그리고 심상에 따라 주먹을 질러 본다.

아무런 공력도 담지 않은 맨주먹이 바람을 가르고 핑! 소리를 낸다.

장건처럼 몸을 거의 움직이지 않고 보법도 밟지 않았다. 그냥 주먹만 앞으로 뻗은 셈이다.

오황의 눈썹이 찡그려졌다. 이런 자세로는 제대로 된 힘을 낼 수 없는 게 보통이다. 그럼에도 힘을 실었다면 특별한 방법을 사용한다는 뜻이다.

"이건 소림 무공의 맥인 일기가성이나 강력한 진각으로 인한 축경(築勁)이라 볼 수 없다."

축경은 힘을 축적하는 것을 말한다. 이를테면 진각은 위아래, 좌우로 움직여 힘을 축적하는 십자경(十字勁)의 대표적인 방법이고 소림 무공에서 사용하는 보편적인 축경의 형태다.

그러나 장건은 진각을 밟지 않는다. 그러니 십자경으로 축경하지 않는 것이다.

가장 적은 움직임으로 힘을 운용하는 방법에는 몸을 비틀어 내는 전사경(纏絲勁)이 있다.

오황의 단상(斷想) 69

전사경은 주로 원을 그리는 형태가 많은데 무당파의 태극권에서 잘 드러난다. 소림의 무공이 가진 특징과는 다소 상반된 형태다. 소림 무공 중에도 전사경을 쓰는 무공이 있긴 하나 일반적인 모습은 아니다.

"흠."

장건의 움직임만 생각하면 전사경을 쓰는 형태는 딱히 보이지 않는다.

물론 오황 정도의 고수가 되면 발끝을 땅에 딛고 슬쩍 돌리는 것만으로도 전신을 조금씩 비틀어 전사경의 흐름을 만들어 낼 수 있다.

그러나 장건에게서는 그 작은 동작조차 찾아보기 힘든 것이다.

그럼에도 불구하고 오황은 장건이 태극경을 사용했다는 것으로 유추해 볼 때, 어느 정도는 전사경에 기반을 둔 축경 방법을 사용한다고 생각했다.

실제로 장건이 무공을 사용할 때 느껴지는 기의 파동이 동심원의 형태인 것도, 무공을 사용한 후 바닥에 남은 흙먼지의 소용돌이 형태도 전사경을 사용한다는 주장을 뒷받침하고 있다.

문제는 아무런 움직임도 없이 어떻게 전사경을 뽑아내느냐 하는 것이다. 아무리 적게 움직인다 해도 뼈가 있고 관절이 있는 사람인 이상 뭔가 움직이긴 해야 하는 것 아닌가!

이건 뭐 앞에 뚝 잘라먹고 뒤에 뚝 잘라먹은 모양으로 무공을 해 버리니 앞뒤가 없는 것이다.

"그렇지, 일반적으로 생각할 수 있는 앞뒤 맥락이 없어. 그게 놈의 무공 특징이야."

뜬금없이 달리다 말고 허우적거리며 태극경을 하질 않나…… 자신의 장력을 몸으로 받아 흘리지 않나…….

소림 무공하고는 상관없는 움직임들이다.

오황은 더 깊은 생각에 잠겼다.

"기반은 소림 무공이겠지. 문각 선사의 진전을 이었다고 당당히 발표했으니 그건 틀림없어. 하나 현재는 아니야. 녀석이 가진 무언가가 기반 무공을 앞지르고 있어."

조금씩 조각들이 맞추어지고 있다.

"심생종기에 이르렀다면 중요한 것은 내공의 운용법이 아니라 마음, 하고자 하는 성향이다. 성향이 앞서서 무공을 지배한다. 그러니 소림 무공의 맥락과 전연 상반된 타 문파의 무공들마저도 받아들일 수 있는 것이야."

거기까지 생각이 도달한 오황은 저도 모르게 감탄하며 고개를 끄덕였다.

"허에! 결국 우리들이 생각하는 순서와는 완전히 상반된 것이군. 걷는 것부터 시작해 달리는 것을 배우는 게 아니라, 달리는 법을 알고 걷는 법을 배우는 중인 거지."

놀랍게도 오황의 분석은 거의 들어맞고 있었다.

오황은 연신 고개를 끄덕이며 중얼거렸다.

"그렇다면 녀석의 마음은 어디에 있는가. 어디에 마음을 두었기에 괴이한 성향을 보이는 것인가······."

장건이 남긴 벽화.

장건의 움직임이 거의 없는 행동들.

심하게 무미건조한 무공의 발현 방식 등.

오황은 장건이 보인 일련의 특징들을 통해 장건의 맥락을 찾아내고 있었다.

이미 한 번 오황이 장건에게 충고한 바 있기도 한 그것이었다.

"효율성."

오황은 마침내 결론을 끌어냈다.

장건의 움직임은 극대화된 효율에 그 관점을 두고 있다. 모든 움직임이 효율이라는 단 하나의 기준에 의해 계산되어지고 실행되고 있었다.

그 하나의 기준점이 장건의 괴상한 행동을 설명해 준다. 지나치게 이상해 보이는 건 장건이 과도하게 기준을 적용하기 때문일 것이다.

"자아······ 그럼 그놈을 어떻게 정상으로 되돌리느냐 하는 것인데······."

오황은 곰곰이 생각해 보았다.

장건이 무공에 있어 효율성을 절대적인 기준으로 보고 있다면 그 가치관 자체를 깨야 한다. 그래야 정상적인 보통 사람처럼 돌아올 수 있다. '특이'가 아니라 '비범'이 될 수 있다.

하지만 그게 그리 쉬운 일은 아니다.

상대적으로 효율을 따지는 이에게 효율이 전부가 아니라는 걸 어떻게 설명해 줄 수 있단 말인가. 하다못해 장건보다 더 효율적인 모습을, 비인간적인 상태가 아니라 평범한 모습으로도 가능하다는 걸 보여 줘야 설득시킬 수 있을 게 아닌가.

이미 오황은 장건의 움직임을 지적한 적이 있었다.

—사람이 빨리 달리다 보면 자연스럽게 팔다리도 흔들고 허리도 굽히고 그러는 것이야! 자연스러운 건 다 이유가 있어! 너처럼 필요한 것만 골라 쓴다고 그게 다가 아니란 말이다!

라고.

그랬더니 장건은 허리를 뒤로 접었다.

"미친 새끼."

자기도 모르게 심하게 욕설을 내뱉은 오황은 아무도 보지 않는데 헛기침을 했다.

"흠흠. 어디까지 생각했더라? 그래, 그놈이 허리를 뒤로 접은 것까지였지."

기껏 오황이 조언을 해 주었더니 장건은 그걸 희한하게 받

오황의 단상(斷想) 73

아들여 허리를 접었다. 그리고는 이내 태극경을 써서 방금 전보다 더 효율적인 모습을 보임으로써 오황의 입을 다물게 만들었다.

'그게 아냐. 안 돼.'라고 하면 더 반발해서 '봤지? 이래도 안 돼?'라는 그런 식이다.

장건의 능력은 오황도 인정한다. 효율성이라는 면에서 장건은 오황보다도 더 특화되어 있다.

오황은 자연스러움을 추구하다 보니 자연스러운 게 가장 효율적이라 생각한다. 아니, 효율을 따지지도 않고 당연히 그게 자연스럽다 여긴다.

그러니 오황이 장건과 효율성으로 상대해서 장건의 생각을 바꾼다는 건 꽤 어려운 일이다.

다른 방법을 찾아야 한다. 승려들이 설법으로 대결하여 상대를 설복시키듯 오황도 장건을 논리적으로 납득시켜야만 한다.

효율성이라는 벽.

그 거대하고 두꺼운 벽의 약점을 찾아내고, 그뿐 아니라 대안까지 제시할 수 있어야 비로소 장건을 변화시킬 수 있을 것이다.

"효율의 약점과 대안이라……."

효율적이라는 것은 뛰어난 과정과 좋은 결과를 도출해 낼 수 있다는 걸 말한다.

거기 어디에 단점이나 약점이 있단 말인가!

또 효율의 대안이 무엇이란 말인가!

어떻게든 결론에는 도달했으나 오황도 그 이상은 전진할 수 없었다.

"흠!"

오황은 소매를 탁 떨쳤다.

자리에서 분연히 일어섰다.

"이제는 직접 가서 확인할 수밖에."

오황은 마침내 장건을 찾아가기 위해 소림의 산문 밖을 향해 걸음을 옮겼다.

어차피 약속한 날짜도 되었고 슬슬 내려가 볼 때였다.

* * *

소림사를 나와 오두막으로 향하던 오황이 장건을 발견했다.

오두막에서 멀지 않은 곳이었기에 가는 도중 찾은 것이다.

장건은 땔감을 줍는 중이었다.

그런데…….

"응?"

장건이 땔감 줍는 모습을 본 오황의 첫 한 마디였다.

"뭐냐."

약간은 얼빠진 듯한 얼굴로 오황이 중얼거렸다.

마른 나뭇가지가 땅에서 솟구치더니 장건의 등 뒤 공간으로 던져진다.

휙, 탁.

장건은 그냥 아무것도 안 하고 걷고 있기만 하다.

그런데 나뭇가지가 떠오른다. 허공에 나뭇가지들이 차곡차곡 쌓인다.

보이지 않는 지게라도 지고 있는 듯하다.

"능공섭물?"

오황은 대번에 알아보았다.

섭물법의 최상위 경지.

그러나 저런 섭물법은 처음 보았다. 공력도 거의 끌어 올리지 않은 듯 느껴지는 기운이 거의 없다.

본래 능공섭물에는 상당한 내공이 필요하다. 지속적으로 공력을 끌어 올려야 하는데 소모량도 대단하다.

해서 할 줄 안다고 자주 쓸 수 있는 수법이 아니다. 몇 번 쓰고 나면 일 갑자의 내공이 순식간에 사라지기도 하는 수법이 능공섭물이다.

그러니 아무리 내공이 넘쳐나도 땔감 줍는 데에 능공섭물을 쓰는 사람은 없다.

그런데 장건은 잘도 쓰고 있다.

휙, 탁. 휙, 탁.

좀 긴 나뭇가지들은 중간에 반으로 똑 나뉘어 뒤로 쌓인다. 그냥 갈리는 게 아니라 날카롭게 잘린다.

공력을 최대한 끌어 올리고 살기를 품으면 유형화된 살기가 칼날처럼 몸을 베기도 한다. 살기를 조절해 임의로 칼날을 뿌리는 것도 가능하다.

하지만 살기도 없이 아무렇지 않게 툭툭 허공에 검기를 만들어 낸다……그것은 거의 공명검이나 다름없지 않은가!

능공섭물과 공명검의 공력을 동시에 운용할 수 있다는 것만으로도 입신(入神)의 경지다.

오황은 기가 차서 탄성을 냈다.

"어허, 저거 진짜 막가는 놈일세. 뭘 효율적으로 생각했길래 저따위가 나와?"

흔히 무림인들을 말할 때, 손가락 하나로 바위를 부수는 사람들이라고 한다. 그런데 장건은 손가락도 움직이지 않고 있으니 뭐라고 해야 할까?

그냥 쳐다만 보는데 갑자기 바위가 부서진다면 그건 무공도 아니고 천재지변이라 불러야 할 것이다!

물론 며칠 만에 장건의 경지가 능공섭물에 이른 것도 천재지변이나 다름없는 일이다. 분명히 며칠 전에는 그만한 경지가 아니었다.

하지만 눈앞에서 벌어지고 있는 일은 현실이다. 생생한 현재의 일이다.

그것도 내공이 수십 갑자는 되는 것처럼 능공섭물을 마구 남용하고 있는 꿈같은 일이 벌어지고 있다.

"그 사이에 무슨 일이 있었다고 갑자기 애가 저렇게 됐지?"

오황은 당혹스럽다.

"평범해지라고 일을 꾸몄는데 어떻게 애가 더 이상해졌냐."

처음엔 당황스러웠고 그다음엔 기가 막혔다. 뒤통수를 한 대 얻어맞은 기분이기도 했다.

'어허!'

오황은 몇 번이나 호흡을 고르고, 마음을 차분히 가라앉히기 위해 노력하고 나서야 생각을 좀 할 수 있게 되었다.

장건은 지켜야 할 것이 많다. 비록 도움은 되지 않지만 소림이라는 울타리, 그리고 가족들…… 친구들.

어떻게 보면 자신보다 더 힘겨운 행보를 걸어야만 할 것이다.

그래서 장건을 도와주고 싶었다.

앞으로 달려 나가기만 하는 게 아니라 잠시 쉬어 가며 자신의 모습을 돌아보고 여유를 가지도록 해 주고 싶었다. 그렇게 한 번 쉬어 가는 것이 오히려 힘든 미래를 잘 견뎌 낼 수 있도록 한다는 걸 알려 주고 싶었다.

하여 다소 무리한 일임에도 세 소녀들과의 관계를 만들려 했다.

'저놈은 나이에 어울리지 않게 심마에 들어 있었다. 하여 나는 평범한 춘화도를 건네주었지. 무공에 미쳐 있는 녀석이라면 그것마저 무공에 관련된 것이라 생각하여 고심할 것이요, 그게 아니라면 여자에 관심이 많은 나이니만큼 오히려 그것이 여아들과 즐겁게 지낼 수 있는 계기가 되었을 것이다.'

오황의 계획대로라면 지금쯤이면 장건은 세 소녀와 즐겁게 희희낙락하며 담소를 나누고 있거나, 혹은 반대로 자신이 툭 던져 준 말도 안 되는 책 — 반야원앙일체공 — 을 보며 끙끙대고 있어야 했다.

그런데 현재 상황은 이도저도 아니었다.

장건은 무공 때문에 전전긍긍하지도 않고 여아들과 노닥거리지도 않았다. 그냥 잠깐 사이에 말도 안 되게 놀라운 경지에 올라서 밥 먹듯 능공섭물을 쓰는 중이었다.

능공섭물을 밥 먹듯…….

'그러니까 그게 말이 안 되잖아!'

그건 오황조차 못 하는 일이다.

'보통 놈도 아니고 심마에 들었던 놈이 뭘 해서 저렇게 됐어?'

심마에 든 상태에서 그보다 더 높은 경지로 가는 게 가능한 일이었던가?

고도의 집중력과 섬세한 기의 운용을 필요로 하는 능공섭물의 수법을 계속해서 사용하고 있는데도 몸에 아무런 무리가 없다는 건가?

오황은 생각에 빠져들었다.

심마에 든다고 다 미치광이가 되는 것은 아니다. 외부적인 접촉에 대해 아무런 반응도 하지 못하여 넋이 나간 사람처럼 자신만의 세계에 빠지는 경우도 있고, 한 가지에만 심하게 집착하는 경우도 있다.

장건처럼 순간순간 이지를 상실하고 정신적인 이상 증세를 보이기도 한다.

그 상태에서 당장 몸이 크게 해를 입는다거나 하는 일은 거의 없다. 그러나 무공이란 상위 단계에 오를수록 지극히 정교한 조절이 필요하다. 정기신의 조화가 약간만 깨져도 큰 화를 입을 수 있다.

그런데 이미 심마는 심신의 조화가 깨져 있는 상태인 것이다. 한 발만 잘못 내디뎌도 바로 낭떠러지로 떨어질 수 있는 상황이다. 주화입마라는 낭떠러지다.

때문에 기라는 놈은 조심스럽게 다뤄 주지 않으면 안 된다는 것이 오황의 생각이다.

막 다뤄도 상관없다면 고래로 수승화강(水昇火降)이니 조신(調身)이니 하는 기를 다루기 위한 수많은 이론과 행공법(行功法)들이 왜 만들어졌겠는가?

있어야 하니까 있는 걸 테고, 있으면 있는 것을 따르는 게 자연스럽지 아니한가.

그런데!

장건이 그러한 모든 이론들을 무시하고 기를 마구 다루는 모습이…… 왜!

왜!

왜왜왜!

왜 이리도 자연스러워 보이는가!

'크흠!'

오황의 머리가 빙글빙글 돈다.

빛 한 줌 존재하지 않는 공간에서 바닥인지 천장인지도 모를 것을 디디고 선 느낌이었다.

어지럽다.

오황은 심한 혼란을 느끼고 있었다.

능공섭물로 장작을 줍고 그 자리에서 쪼개어 들기까지, 손을 하나도 이용하지 않는다. 그럼에도 불구하고 손으로 장작을 쪼개고 그걸 모아서 다시 들고 하는 것보다 훨씬 간편해 보인다.

매우 효율적이라 희한하게도 자연스러워 보인다. 저 방법을 할 줄 안다면 자신도 저렇게 해야 하지 않는가 싶기도 하다.

무공을 실생활에서 아주 자연스럽게 이용하고 있다.

흔히 게으름을 피우는 제자들에게 '행공을 생활화하라!'고 말한다. 생활의 일부처럼 열심히 행공법을 연습하고 수련하여 빨리 익숙해지라는 말이다.

그런데 장건은 말의 표면적 뜻 그대로 행공을 생활에 쓰고 있었다.

누군가 이 사실을 알린다면, 강호 무림의 역사에서 행공의 생활화를 제일 먼저 실천한 무인으로 불릴지도 모른다.

오황은 생각하고 또 고민했다.

정말로 장건의 행동은 이상한가?

몸을 단련하기 위해 무공이 생겨났다고 한다면, 저것도 단련의 일부로 봐야 하는가?

단련을 통해 생겨난 능력이니 그것을 자신의 삶에 이용하는 게 당연한 일인가? 그에 대해 뭐라고 하는 건 옳지 않은 일인가?

결국 장건의 행동은 잘못되지 않았는가?

'끄응!'

오황은 몇 번이고 자문자답을 하다가 얼굴을 와락 일그러뜨렸다.

'망할! 아무리 생각해 봐도 그 자체로는 왠지 이상하지 않아!'

자기가 익힌 무공, 남한테 피해 주는 일도 아니고 그냥 자기가 알아서 쓰겠다는데 그게 뭐 이상한 일은 아닌 거다. 분명히 그렇다.

하지만 지금 장건이 하는 짓 — 고도의 무공을 이용해 땔감을 줍는 일상적인 행위 — 가 자연스럽냐…… 하면 그건 또 아니다!

간장막야(干將莫耶)와 같은 명검으로 돼지고기를 썰고 배추를 자르면 그게 자연스럽겠는가?

간장막야도 칼이니까 칼로 돼지고기를 썬다면 이상하지 않다고 말은 할 수 있어도, 분명 자연스럽지는 않은 일일 것이다.

오황은 정리되지 않는 상황을 정리해 보았다.

'능공섭물로 나뭇가지를 들든 손으로 들든 그건 부자연스러운 일이 아니야. 그런데 현 강호에서 구사할 수 있는 이가 열 명이나 될까 한 고도의 수법 능공섭물로 고작 땔감을 줍고 있는 거라 생각하면 뭔가 이상해. 하지만 저놈은 저렇게 행동하는 게 본디부터 자연스러워. 도대체 이걸 어떻게 받아들여야 하는 거냐?'

실로 애매하다.

짜증도 치밀었다.

자연스러운 일이 아닌데 보고 있으면 자연스럽고, 자연스럽게 느껴지는데 실제로는 자연스럽지 않은, 뭔가 미치도록 이상한 상황인 것이다!

'허허허!'

특히나 자연스러움 그 자체가 삶인 오황에게는 이러한 혼돈과 혼란이 견딜 수 없을 지경일 수밖에.

이 답답한 감정을 누구에게 토로하여야 시원해질 수 있을까?

'나쁜 놈! 지독하게 부자연스러운 놈! 뭐 하나 정상인 것 없는 애매한 놈!'

적어도 하나는 확실하다.

효율성이든 뭐든 장건도 자신만의 확고한 기준을 갖고 있다는 것. 그것으로 인해 손색없는 경지에까지 어쨌든 올라 있다는 것이다.

오황은 찝찝한 눈길로 장건을 쳐다보았다. 어쩌다가 장건이 갑자기 무공이 증진했는지는 알 수 없지만, 지금 같은 행동에는 호기심이 생길 수밖에 없다.

겨우 사나흘 사이에 세상이 뒤바뀌기라도 한 듯, 장건은 완전히 달라져 있었다.

단순히 능공섭물을 쓰고 있기 때문이 아니다. 딱히 기세를 뿜고 있진 않지만 이제 오황은 더 이상 장건이 이전까지의 장건이 아니라는 걸 느꼈다.

적어도 며칠 전보다 한 배 반 정도는 더 강해진 것처럼 보였다. 내공이 폭발적으로 증가하였다거나 한 것은 아니지만 어딘가 모르게 무공 수위를 감지하기가 어려워졌다.

"어이가 없구먼. 이 내가 녀석의 무위를 가늠 짓기·힘들다니."

다른 사람도 아니고 우내십존인 오황이!

이내 세심하게 장건을 훑어보던 오황이 돌연 숨을 딱 멈추었다.

"흠?"

오황은 날카롭게 변한 눈으로 주위를 둘러보았다.

갑자기 묘한 기운이 느껴진 것이다.

그렇게 주위를 경계하던 오황이 한 곳으로 시선을 고정했다.

앙상한 나뭇가지들과 말라붙은 수풀들밖에 보이지 않는 곳이다.

하지만 오황은 여전히 경계를 풀지 않았다.

스슷.

그러자 수풀을 헤치고 누군가가 나타났다.

참으로 괴상하다. 분명히 사람인데 사람 같은 느낌이 들지 않는다. 눈으로 보고 있으면서도 사람이라고 인지되지 않았다.

오황은 잠깐 눈에 힘을 주고 그를 보다가 갑자기 허리를 숙이며 주먹을 감싸 포권했다.

"오랜만입니다, 어르신."

오황도 나이가 많은데 평범한 차림새의 후줄근한 노인은 그보다도 더 많아 보인다.

하지만 당금 강호의 가장 큰 어른인 오황이 어르신이라고 부를 정도라니!

노인이 오황을 보더니 묘하게 비틀린 입술로 웃는다.

"이야…… 시주의 능력은 언제 봐도 정말 신기하네그려."

노인은 들고 있던 빗자루를 옆구리에 끼더니 말본새와 달리 정중하게 합장으로 인사한다.

오황도 흘흘 하고 웃으며 포권을 거두었다.

"전에도 제가 말씀드리지 않았습니까. 다른 사람은 몰라도 그런 부자연스러운 은신으로는 제 눈을 속일 수 없습니다."

노인이 퉁명스럽게 대꾸했다.

"아, 시주. 이건 부자연스러운 게 아니라 자연이 되는 거야. 사람이 자연에 스며들어 자연의 일부분이 되는데 그걸 어찌 부자연스럽다고 하니?"

노인은 다름 아닌 불목하니 문원이었다.

아무런 존재감이 없을 정도로 주변의 풍경에 녹아드는 것은 그의 독특한 수법이었다.

하지만 오황은 웃으면서 그의 말에 반박했다.

"사람은 원래 자연의 일부분이지요. 본래가 자연의 일부인데 또다시 자연의 일부가 되려 하니 이 어찌 부자연스러운 일이 아니겠습니까."

"에잉! 대자연의 기를 몸 안에 인위적으로 품을 때부터 이미 자연의 법칙에선 벗어났다고 봐야지."

"무인은 무인일 때 자연스러운 거지요."

"나는 무인이 아니라 그냥 불목하니래도?"

이래서는 끝도 없이 영양가도 없는 이야기가 이어질 것 같았다.

오황이 말을 접었다.

"흘흘, 여전하시군요. 그간 잘 지내셨습니까?"

"잘 지내긴…… 쯧. 나야 뭐, 맨날 똑같지. 그냥 비질이나 하면서 언제 죽나 하고 살어."

오황과 문원은 아주 오래 전에 만난 적이 있었다. 은노로서 활동하기 시작한 즈음이었다. 그때도 오황은 지금같이 은신한 문원을 알아보았다. 그래서 작은 인연을 맺고 있었다.

"그나저나 절 굳이 찾아오신 이유가 얼굴이나 보자 하심은 아닐 텐데요."

"아냐. 그래도 몇 안 되는 아는 얼굴인데 그냥 지나칠 수도 없고 해서 인사나 하려고 들른 거야."

그러나 문원의 시선은 장건에게 가 있다.

오황은 자못 놀라워했다. 은노인 문원이 굳이 모습을 드러낸 이유가 장건 때문이라는 걸 안 때문이었다.

아무리 자신이 안면이 있다 하더라도 은노의 입장에서 개인적인 이유로 모습을 드러낸다는 것은 쉬운 일이 아니다. 그럼에도 불구하고 장건 때문에 일부러 나타났다는 것은 놀라운 일이었다.

"호오, 설마……."

"뭐, 그래. 저 아이도 시주처럼 우연찮게 연을 맺었지."

"대단하군요."

"시주나 저 애나 둘 다 평범하진 않으니까 뭐, 딱히 대단한 건가는 모르겠고."

"수십 년 동안 어르신과 말을 나눈 사람이 몇 되지 않을 텐데요. 그중에 한 명이면 대단하다고 할 수 있지 않겠습니까?"

"하긴…… 검 뭐시기인가 하는 나쁜 놈도 최근에야 날 알아보더라고. 그런 면에서는 대단하다고 할 수 있을지도 모르겠네."

"호오, 그랬습니까?"

"공갈검인지 뭔지 얻으면서 실력이 좀 늘었나 보더라고. 당장에 재작년만 해도 못 알아봤거든."

"알아보고 어떻게…… 인사라도 좀 나누셨습니까?"

"인사는 무슨? 그냥 모른 척하던데? 남의 문파 일이라고 예의를 차린 건지 어떤 건지……."

오황이 클클댔다.

"예의가 아니라 음흉한 겁니다. 속에다가 꾹꾹 담고 있다가 언제 터트릴지 모르는 거지요."

"사실 뭐, 하는 꼬라지를 보니 그런 거 같긴 하드라. 남의 절에 와서 행패를 부리기도 하고."

"꾸지람이라도 하시지 그러셨습니까."

여러 가지 복잡한 의미가 담긴 말이었다.

문원은 오황을 바라보았다. 나이에 어울리지 않게 맑은 눈이다.

"아이고, 시주. 나도 참 할 말이 많아. 매일 수련하고 대련하다 보면 다치는 제자들이 비일비재하다구. 근데 내가 그걸 다 어떻게 돌봐 줘?"

문원이 말을 덧붙였다.

"당장에 비가 오면 수많은 벌레들이 집을 잃고 떠내려가기도 해. 하지만 그걸 다 일일이 쫓아다니면서 집에 넣어 줄 수는 없잖아. 안 그래?"

오황은 문원의 대답에 고개를 깊이 끄덕였다.

검성에게 꾸지람을 하라는 것은 사실 말도 되지 않는 이야기였다.

겉으로 보면 거기에는 검성과 싸울 힘이 있느냐고 빈정대는 듯하다. 하지만 그 안에는 방장이 목숨을 잃을 뻔했는데도 모습을 드러내지 않는다면 언제 세상에 모습을 드러낼 것이냐, 은노가 하는 일이 무엇이냐, 하는 질문이 숨어 있었다.

그에 대해 문원은 방장을 매일 수련하며 다치는 소림의 제자들과 벌레에 비유했다. 불가에서 하나의 생명은 다른 하나의 생명과 같다. 소림의 제자나 방장이나 개미 한 마리의 목숨이나 모두 같은 것이다.

그것을 구하느냐 마느냐 하는 것을 세속적인 기준에 의해 함부로 판단할 수는 없었다.

하나 은노는 소림을 위해 살아가는 존재. 불가의 가르침만 좇으면서는 그 일을 해낼 수 없다. 소림을 지키기 위해서는 개미 한 마리보다 방장의 목숨을 중히 여길 수밖에 없다. 그래서 은노는 불목하니지, 더 이상 승려가 아니어야 했다.

그렇다면 의문이 생길 수밖에 없다.

방장 때는 물론이고 소림에 치명적인 피해를 준 독선의 사건이나 검성의 사건 때에 이르기까지 은노는 왜 침묵하고 있었는가.

은노의 존재를 몰랐다면 모를까, 이미 알고 있는 중에 문파에 속하지 않은 오황에게는 그것이 궁금해 미칠 지경이었다. 장건이 아니었다면 직접 자신이 문원을 찾아내어 묻고 싶었는데 마침 이런 기회가 생긴 것이다.

그리고 문원도 그에 대한 대답은 아직 하지 않고 있었다.

문원이 흥, 하고 코웃음을 치더니 잠시 기다렸다가 말했다.

"내가 진짜 부탁하는 입장만 아니었어도 이런 얘기는 꺼내지 않았을 거야. 여기 오지도 않았을 거라구. 하여튼 홍오나 방장이나 부탁은 맨입으로 하는 줄 알아…… 에잉."

"흘흘흘."

문원이 다소 퉁명스럽게 말했다.

"곤륜파에는 방사(方士)가 있고 청성파에는 산인(山人)이 있어. 방사는 새로운 술법이나 연단술을 후세에 남기고, 산인은 사상과 무공을 남긴다고 하지. 근데 그들의 같은 점이 뭔 줄 알아?"

"글쎄요."

"되게 쉬워! 일단 죽어야 넘겨 줄 수 있는 거야. 어딘지도 모르는 절벽의 동굴에 진전을 남겨 놓고 등선하면, 수십 년이든 수백 년이든 그 후에야 겨우 발견되는 거거든. 그때가 되면 그 술법이나 무공이 유용할지 아닐지는 아무도 몰라. 그러니까 자기들 나름대로는 억울할지도 모르지만 어쩔 수 없어. 그게 그들의 규칙이야."

문원이 빗자루를 까딱거렸다.

"내 규칙은 이래. 아픈 사람을 고치는 건 의원이 할 일이야. 그리고 나는 뒤처리를 해. 환자를 고친 데 쓴 침을 소독하고 더러워진 옷을 치우지. 환자를 고치지 못한다 해도 슬프지만 그건 내가 어쩔 수 있는 일은 아닌 거야."

문원이 '내 규칙.'이라고 했으니 문원 외의 다른 은노들은 또 규칙이 다른 모양이다. 당연히 그런 건 물어봐도 대답해 주지 않을 터였다.

오황은 궁금증을 채운 것으로 만족하고 장건을 보며 물었다.

"거기에 약간의 예외도 있는 모양이군요."

문원도 장건을 보았다.

"예외는 무슨…… 이건 그냥 홍오가 싸지른 똥을 치우는 중이라고나 할까? 히히. 말했잖아. 치우는 건 내가 하는 거라구."

문원이 히죽거리고 웃다가 고개를 털레털레 털었다.

"에이, 아무튼 그냥 그런 거야. 그렇다 치자구."

"흐흐, 알겠습니다."

"뭐, 알았으면 알아서 잘할 거라고 믿고 갈게. 너무 절에 어울리지 않는 짓은 하지 말고. 그래도 명색이 절이잖아. 조금 있으면 외부에서 손님들도 많이 올 텐데."

장건과 여자아이들을 데리고 일을 꾸민 데 대한 얘기를 하는 모양이었다.

오황이 껄껄 웃었다.

"승려에게야 남녀 간의 정이 문제겠습니다만, 곧 재가(在家)할 아이에게 여자가 무슨 상관이겠습니까."

"맞아. 어쩌면 사실은 그게 맞는 건지도 모르겠어. 난 저 애가 소림을 나갔을 때가 너무 걱정되거든. 오히려 지금 같은 일들이 쟤한테는 더 도움이 될 수도 있겠어."

문원이 한탄하듯 말을 덧붙였다.

"소림은 과거에 얽매이느라 미래를 버렸어. 어차피 스스로 떠나 버릴 걸 왜 그리 끌어안고 있었는지 몰라."

"지금의 방장 대사는 한 문파를 이끌 도량은 충분하나 강호를 담기에는 부족한 그릇이지요."

하고 싶은 말은 하고 마는 오황이다. 오황은 누가 들으면 깜짝 놀랄 소리도 거리낌도 없이 내뱉었다.

문원은 별다른 말없이 적당히 헝클어진 수염을 매만지며 고개를 끄덕거렸다.

"예나 지금이나 하고픈 말은 다 하고 살아서 좋겠네. 그럼 난 이젠 진짜 갈 거야."

말을 마친 문원이 빗자루를 챙겨 들다가 또 갑자기 생각난 것처럼 '아!' 하고 소리를 냈다.

"시주는 직접 보지 못한 데다가 지금 저 모양을 보면 시주의 생각이 제대로 안 들어맞았다고 생각할 수 있는데……."

문원이 빗자루 끝으로 장건을 가리켰다. 고작 땔감을 줍는 것일 뿐인데도 기괴하기 짝이 없는 장면.

문원의 말처럼 오황이 그 모습을 보고 자신의 방법이 잘못됐구나 하고 생각한 건 사실이었다.

하지만 문원은 히죽 웃었다.

"저건 덤이야, 덤. 저 능력은 덤으로 생긴 거야."

"덤…… 이라구요?"

"히히, 응. 뭐, 이젠 그럼 진짜 간다. 다음에는 저어기 먼 정토에서나 만나자구, 시주."

문원은 더 얘기하지 않고 쭈글쭈글한 얼굴로 아이처럼 키득거리면서 오황의 곁을 떠났다. 오황이 인사할 틈도 주지 않고서…….

혼자 남은 오황은 묘한 표정으로 장건을 보았다.

"덤이라고?"

문원은 지금처럼 장건을 계속해서 지켜보고 있었음에 틀림없다. 그렇다면 장건의 마음에 변화가 있었다는 뜻이다. 지금 보이는 희한한 짓은 어떻게 나왔는지는 모르나 그 과정에서 발생한 부산물이라는 얘기다.

무공이 아니라 다른 관점에서 접근한 자신의 생각이 어느 정도는 옳았다는 뜻이다.

"그렇다면……"

잠시 생각하던 오황의 입가에 돌연 미소가 맺힌다.

"클클클."

문원의 조언이 큰 도움이 되었다.

장건이 두르고 있는 두꺼운 벽을 넘어설 수 있는 방법이 떠오른 것이다.

물론 그것이 통한다고 확신은 할 수 없었지만.

최소한…….

"재미는 있을 거 같은데?"

오황은 연신 웃음을 흘리면서 계획을 머릿속으로 구상했다.

그리고는 오두막으로 뛰어 올라갔다.

자기도 모르는 새에 경공까지 사용하면서…….

제3장

장건을 변화시킬 방법

 오황은 눈 깜짝할 사이에 오두막으로 올라가 세 소녀를 불러 모았다.
 "자자, 그놈이 올라오기 전에 얘기를 끝내야 되니까 간단히 몇 가지만 물어보마."
 백리연과 양소은, 제갈영이 인사를 하는 것도 만류하고 오황이 물었다.
 "녀석이 어떤 방법으로 너희의 혈도를 고쳤느냐?"
 백리연이 먼저 설명했다.
 "처음엔 독맥으로 운기를 하라고 하더니 그다음에 도도혈을 짚었어요."

"그리고?"

"해혈이 됐어요."

제갈영도 덧붙여 말했다.

"응, 손을 대니까 갑자기 속이 뻥 뚫린 듯 시원해지면서 독맥에 운기가 되더라고요."

"흐음."

오황은 턱을 긁적였다.

"도도혈을 제대로 찾아낸 건 놀랍지만, 해혈을 해야 할 데는 거기가 아닌데…… 어쨌거나 그게 중요한 건 아니니까."

오황이 세 소녀들을 둘러보며 입을 열었다.

"지난번 계획이 생각만큼 잘 되지 않아서 조금 실망했겠다만……."

그런데 오황이 말을 하면서 보니 세 소녀의 뺨에 살짝 홍조가 생겨져 있다.

"아니에요."

"그래도 아주 성과가 없었던 건 아닌 거 같아요."

오황의 말을 부정하는 소녀들이다.

오황은 소녀들의 말을 듣고 자신이 생각한 것에 대한 확신이 생겼다.

'문원 어르신 말대로군. 장건 녀석에게 변화가 있긴 했던 모양이야. 겉으로는 더 이상해졌으니까 심적으로 변화가 생긴 거겠군.'

세 소녀들이 어리둥절해하며 서로를 쳐다보았다. 아무리 봐도 장건이 해혈한 방법이 궁금해서 내려온 것처럼 보이지 않는 오황이다.

양소은이 물었다.

"무슨 일이신지요? 말씀을 들어 보아 하니 단순히 그 이야기를 하러 오신 게 아닌 것처럼 보이십니다."

"흐흐흐, 그렇단다."

오황은 웃음을 참지 못하고 실웃음을 흘렸다.

"솔직히 지난번엔 너희들에게 쉽지 않은 일을 강요한 것 같아 미안한 마음도 있단다. 하지만 이번엔 좀 다를 게다, 흐흐흐흐."

음산하거나 음흉한 웃음은 아닌데 자꾸만 실실대고 웃으니 이상해 보이는 게 사실이다.

"흐흐흐흐흐."

오황은 그 생각만 하면 우스운지 말을 하려다가도 멈추고 웃곤 했다.

"어르신?"

"응응, 그래…… 흐흐흐…… 이거 참, 주책맞게 요실금 하듯이 웃음이 새나…… 흐흐흐. 험험, 어허험!"

오황은 시간이 없다고 했으면서도 은근히 즐기는 듯 살짝 뜸을 들였다가 말했다.

"뭘 하려는지 궁금하겠지?"

"네."

오황은 소매에서 쟁반을 구부린 듯한 아이 주먹 크기의 은 원보 한 덩어리를 꺼내 탁자 위에 올려놓았다.

탁.

"자."

은 스무 냥 정도의 값어치가 있는 크기의 은원보니 적은 돈이 아니다.

여전히 영문을 모르는 세 소녀들은 오황의 말만 기다렸다.

오황이 웃음을 참으며 힘주어 말했다.

"이 정도면 거하게 잔치를 벌일 수 있을 거다. 내 전 재산의 반을 풀었으니 아주 신나게 한판 놀아 보자꾸나."

"네에?"

세 소녀들은 당황한 표정을 지었다.

잔치를 벌이는 것도 좋고 노는 것도 좋지만 장건은 그러지 못할 거라는 걸 잘 알기 때문이었다.

"하지만 장 소협은……."

장건은 반찬이 많다고 손까지 떠는 무시무시한 노랭이인 것이다!

그런 장건이 잔치를 한다면 어떤 꼴을 할지 뻔했다. 흥겨운 분위기가 되기는커녕 장건의 눈치만 보면서 재미도 없는 잔치가 될 터였다.

백리연이 오황에게 며칠간 있었던 장건의 행동을 설명했다.

"어르신, 장 소협의 근검한 기질이 많이 심해졌습니다. 반찬이 한 가지만 더 많아도 밥을 제대로 먹지 못할 정도예요."

누가 들으면 말도 안 된다고 웃을 얘기였지만 백리연들의 표정은 심각했다. 그러나 오황은 그 말을 충분히 이해할 수 있는 사람이었다.

장건은 원래 이상한 놈이니까 무슨 행동을 했다 하더라도 충분히 그럴 수 있는 것이다!

"괜찮다. 그놈의 별난 기질이 심하면 심할수록 이번엔 효과가 더 클 게야. 물론 그만큼 보는 재미도 있을 테고, 흐흐흐흐. 너희들은 음식 준비나 하고 맘 편히 구경만 하면 되느니라."

"정말 괜찮을까요?"

"암, 그렇고말고. 준비할 때 그 녀석이 있으면 귀찮으니까 그놈 어디 잠깐 보내 놓자꾸나."

호언장담하는 오황과 달리 세 소녀들은 불안함을 감출 수 없었다.

장건이 겨우 조금 마음을 열었는데 일이 잘못되어 사이가 소원해질까 봐 그게 걱정이었다.

잠시 후 양소은이 손뼉을 치듯 양손을 맞잡았다.

"에라, 모르겠다. 뭐라도 해 봐야지. 안 그래? 가만히 머리만 싸매고 있어 봐야 아무것도 안 나온다구."

"그건 그렇지만……"

오황이 껄껄 웃었다.

"걱정 말래도? 이번에도 잘 안 된다 싶으면 내 머리를 박박 밀고 소림에서 중이 되마."

오황이 말을 하고 나서 주위를 두리번거렸다.

"한데 상달이 이놈은 어딜 갔느냐? 이놈에게 심부름을 시켜야 할 텐데."

양소은이 대답했다.

"아, 상달이는 마을에 잠시……."

"왔구나."

"예?"

그 말이 끝나기도 전에 상달이 타박타박 마당에 나타났다. 마당에서 상달이 열린 문으로 오황을 보고 꾸벅 고개를 숙였다.

"아이고, 스승님 오셨습니까요."

"오, 그래. 개새끼도 제 말 하면 듣고 온다더니 때마침 잘 왔다. 너 마을 좀 다녀오너라."

"웬 개새끼요?"

상달의 표정이 똥을 씹은 듯했다.

"저기, 근데 저 방금 마을 갔다 왔는데요. 또 갔다 오라굽쇼?"

"그럼 내가 갈까? 이거나 받아 가라, 건방진 놈."

오황이 은원보를 다짜고짜 집어던졌다. 속도는 빠르지 않앉는데 빙글빙글 도는 모습이 심상치 않다.

"아, 진짜!"

상달이 울컥 짜증을 내면서 날아오는 은원보를 향해 장풍을 쏘았다.

펑!

장풍을 맞고도 속도가 줄지 않는 은원보다.

"으이이이!"

상달이 뛰어올라 은원보를 두 번이나 발로 찼다.

퍼펑!

반발이 얼마나 거센지 착지하면서 비틀거리기까지 한다.

그제야 힘을 잃은 은원보가 땅에 떨어졌다.

"흥. 스승이 주는 은자를 발로 받았다 이거지?"

상달이 은원보를 주우면서 투덜거렸다.

"아니, 이왕 주시는 거 곱게 주시지. 발로 받아도 못 받을 거 뻔히 알면서 어떻게 손으로 받으란 말입니까?"

"그래서 가기 싫다 이거지?"

오황이 소매에 손을 넣어 구리 동전 몇 문을 꺼내자 상달이 기겁을 했다.

"뭘 사 올깝쇼! 주문만 하십쇼. 제가 일각 안에 대령해 드리겠습니다!"

"절에만 있었더니 기름기가 도는 게 땡기는구나. 직접 구워 먹는 게 맛있으니까 일단 돼지고기 댓 근하고 꿩 두어마리…… 그리고…….”

오황은 구리 동전으로 탁자를 툭툭 치면서 고민하다가 백리연들을 보고 웃으며 말했다.

"자자, 사양하지 말고 너희들도 뭐 먹고 싶은 거 있으면 말해 보려무나."

백리연과 양소은, 제갈영은 서로를 마주 보며 어떻게 할까 잠깐 동안 망설였다.

그것도 잠시.

세 소녀들은 누가 먼저랄 것도 없이 침을 꿀꺽 삼켰다.

* * *

장건은 점심때에 딱 맞추어 오두막으로 돌아왔다.

등 뒤에는 나뭇가지를 한 짐 졌다. 누가 보면 지게라도 진 것 같지만, 실제로는 아무것도 없이 허공에 둥둥 떠 있는 것이었다.

대단하다면 대단한 노릇이다. 오황이 장건을 본 지가 반시진은 족히 넘었다. 그 시간 동안 내내 능공섭물을 유지하고 있었다는 뜻이다.

별다른 내색 없이 마당에서 소녀들과 차를 마시며 노닥거리던 오황이 장건을 보고 반겼다.

"어, 왔느냐?"

"어라? 오황 할아버지 오셨네요."

장건은 가볍게 인사를 하고는 오두막의 뒤편으로 걸어갔다.

슥, 촤라락!

눈짓 손짓 한 번 하지 않았는데 나뭇가지들이 저절로 움직여 한쪽에 쌓인다.

"흐흐흐."

그 모습을 보고 괜히 오황이 웃음을 짓는다.

"참, 인간미 없는 녀석일세."

아무리 좋게 생각해도 좋아 보일 수 없는 모습이다. 설사 아무 준비 동작이나 몸짓 없이 능공섭물을 할 수 있어도 손짓 정도는 해 줘야 좀 괜찮아 보일 게 아닌가.

할 수 있다면 대신 보여 주고 싶지만 오황도 능공섭물을 장건만큼 잘할 수는 없다. 오히려 어떻게 하는지 배워야 할 판이다.

땔감을 내려 둔 장건이 곧 성큼 하고 ― 걷는 건지 미끄러지는 건지 모르게 ― 오황의 앞으로 다가선다.

"저한테 거짓말하신 건 용서해 드릴게요."

"그래, 그거 고맙구나!"

"그러니까 제게 해 주신다던 조언 알려 주세요."

"조언?"

오황이 고개를 저었다.

"너는 이미 내가 무슨 말을 할지 알고 있단다. 안 그러냐?"
장건이 다소 실망한 투로 되물었다.
"평범해지는 거요?"
"거봐라, 알고 있지."
"하지만 어떻게 평범해져야 하는 건지 모르겠어요. 이젠 평범하다는 게 뭔지도 잘 모르겠는걸요."
장건이 솔직한 마음을 내비쳤다. 그만큼 마음고생이 심하다는 증거였다.
실마리조차 못 찾고 있는 장건은 답답하기만 하다.
"평범하다는 것이라……."
어차피 상달이 돌아오고 음식 또 준비하고 하려면 시간이 아직 충분히 남아 있다.
오황이 비어 있는 나무의 그루터기를 가리켰다.
"이리 와 앉거라. 앉아서 얘기를 해 보자꾸나."
오황은 평소와 다르게 느긋하고 정겨운 모습이어서 장건은 왠지 모를 의심이 약간 들긴 했다.
'뭔가 이상한데?'
장건은 그루터기에 앉지 않고 그 앞에 가서 서기만 했다. 물론 그건 오황이 의심스러워서는 아니었다.
백리연이 자리를 권했다.
"앉아요. 찻물을 데워 올게요."
"아녜요. 서 있을래요."

장건이 서 있으려는 이유를 제갈영이 눈치챘다.

'지독하다!'

옷이 닳을까 봐 앉지 않는 게 분명했다.

또다시 손이 떨렸다.

'오황 할아버지가 무슨 방법을 쓰시려는 거든 간에 반드시 고쳐야 해. 안 그러면 영이는 오라버니를 좋아하지만 오라버니랑 못 살 거야!'

제갈영은 생각만으로도 소름이 끼쳤다.

"앉으라니까?"

그 때 오황이 싱긋 웃으며 가볍게 손을 털었다.

장건과는 대충 잘라 만든 간이 탁자 하나를 겨우 사이에 두고 있을 뿐이었다. 걸음으로 따져도 서너 걸음 정도다.

그 사이의 거리를 황갈색의 무엇인가가 느릿하게 이어 나간다. 눈에 보이긴 해도 그 안에 담긴 공력은 적지 않을 터였다. 적어도 아까 상달이 받아 낸 은원보에 실린 만큼의 공력은 담겨 있었다.

피이잉-!

원형의 간이 탁자를 둘러앉은 백리연과 양소은의 사이를 물체가 가로질렀다. 공력의 파장 때문에 긴 머리카락이 파도처럼 휘날리고, 백리연과 양소은의 시선이 물체의 궤적을 뒤쫓는다.

장건은 어느 정도 예상하고 있었기에 크게 당황하지 않았다. 충분히 그럴 줄 알았다는 표정이었다.
"쳇, 이럴 줄 알았다니까."
 공력이 아무리 많이 담겨 있다 한들 피해 버리면 그만이다. 하물며 피하기에 어려운 속도도 아니다.
 하지만 장건은 순간 멈칫했다.
 "어?"
 피할 수가 없었다!
 공력 때문에 압박을 느껴서가 아니었다!
 오황이 던진 물체가 무엇인지 보았기 때문이었다!
 '……통보(通寶)?'
 한 면에 상하좌우의 네 글자가 박혀 있고 뒤쪽에는 발행 지역이 쓰여 있었다.
 구리 동전이다.
 손때를 탔는지 약간 거무죽죽한 색을 띤 황갈색의 구리 동전 일 문이 장건을 향해 날아오고 있었다.
 '돈이잖아!'
 피하는 건 어렵지 않은데 피한 후가 문제였다.
 장건이 피해서 동전이 멀리까지 날아가 버리면 돈을 잃게 되는 것이다. 담긴 힘으로 보아할 때 적어도 백여 장은 충분히 날아가 버릴 듯했다.
 '아……!'
 장건은 망설였다.

남의 돈이라 해도 피하자니 아깝고, 피하지 않으면 받아야 하는 귀찮은 상황이었다.

'정말 얄미운 할아버지라니까.'

장건은 공력을 끌어 올렸다.

구리 동전을 받아 내기 위해서다. 쓴 내공은 다시 먹어 채우면 되지만 돈은 되돌아오지 않는다.

결정을 내린 장건은 양 손바닥에서 기의 가닥 두 개를 뽑아냈다. 몸의 어디서든 뽑아낼 수 있지만 아직은 장심에서 뽑아내는 것이 가장 편하다.

장건의 팔 길이만큼 기의 가닥이 늘어났다. 장건의 팔이 두 배로 길어진 셈이었다.

다른 무인이었다면 공력을 끌어 올리며 손을 뻗어 기를 조절할 시간이 필요했겠지만, 장건에게는 그런 과정이 필요치 않았다.

심생종기의 경지가 최대로 발휘될 때에 기가 움직이는 데 걸리는 시간은 무(無)에 가깝다. 장건이 느끼고 막아야겠다고 생각한 순간 기의 가닥이 움직여 구리 동전을 낚아챘다.

아니, 낚아채려 하긴 했으나 그렇게는 되지 않았다. 기의 가닥이 구리 동전을 막아선 채 움직이지 않는다.

콰드드득!

기과 기가 충돌했다.

온전히 앞으로만 나아가려는 성질을 지닌 기와 반대로 막으려는 기가 마주치며 허공에 강렬한 파문을 일으켰다.

드드득.

급하게 움직인 것과는 상관없이 장건의 기가 밀렸다. 기의 가닥이 또 다른 손이나 다름없는 연장선이라 해도 거기에 공력을 싣는 것은 아직 익숙지 못하다.

가볍게 나뭇가지를 자르는 정도가 아니라 제대로 된 공력을 상대하기에는 부족했다.

기의 가닥에 공력을 더 실으려 했더니 순식간에 단전이 텅 비어 간다. 대기 중에 나오면 흩어져 버리는 기의 성질상 몸 밖에서 농밀한 공력을 품으려면 손이나 검에 의존하는 것보다 몇 배의 내공이 필요한 모양이었다.

게다가 장건이 순수한 내공으로 오황의 내공을 당해 낼 리는 만무하다. 내구도가 약해 찌그러지기 쉬운 구리 동전이 아직도 멀쩡한 것은 거기에 담긴 오황의 공력이 아직도 충분히 장건의 공력을 압도하기 때문이다.

'이러다가 머리에도 구멍 나고 단전에도 구멍 나겠다.'

구리 동전이 막아선 기의 가닥들을 힘으로 밀고 들어온다. 이제는 피하려고 몸을 움직이는 것조차 늦었다.

직접 손으로 잡은 것도 아닌데 어깨의 혈도들이 차례로 뻐근해진다. 저릿저릿하다. 몸과 연결된 기의 가닥이라 신체에까지 영향을 끼치는 모양이었다.

장건은 이를 꾹 깨물었다.

'기의 가닥이 손이라고 생각한다면? 그게 몸의 일부라고 생각한다면?'

할 수 있는 게 있었다.

장건이 순간적으로 몸에서 힘을 뺐다. 아니, 의념으로 하여금 기의 가닥들이 힘을 뺀 듯 너풀거리게 만들었다.

장건은 기의 가닥으로 태극경을 시도하고 있었다. 정확히는 태극경의 원리를 이용해 구리 동전의 힘을 빼는 것이었다.

앞으로 나아가려는 구리 동전을 슬쩍 옆으로 민다. 정반대로 막는 것보다 옆으로 틀어 방향만 바꾸는 건 훨씬 힘이 적게 드는 일이다. 이어 기의 가닥을 딱 붙인 채로 구리 동전이 원을 그리도록 계속해서 방향을 튼다.

큰 원에서 작은 원으로.

빠른 속도에서 점차 느리게 동전을 유도한다.

흩어지는 힘, 공력을 기의 가닥에서 몸으로 이전받아 발 아래로 흘린다.

이미 경지에 오를 만큼 오른 태극경인지라 그 같은 일들은 일순간에 이루어졌다.

휘리라—

구리 동전이 가지고 있던 추진력이 원심력으로 바뀌어 장건의 발 아래로 회오리바람을 그리며 흩어졌다. 완전히 충격이 분산되어 버렸다.

물론 그 와중에 동전에 담겼던 공력은 장건의 비어 버린 단전에 말끔히 흡수되었다.

구리 동전은 완전히 힘을 잃고 허공에 둥둥 떠 있었다. 장건이 뽑아낸 기의 가닥이 돌멩이를 잘 집고 있다.

백리연이나 양소은, 제갈영은 눈을 동그랗게 뜬 채 장건을 보았다. 펄럭이던 머리카락과 옷자락이 서서히 가라앉고 있었다.

그녀들이 보았을 때에는 장건은 아무것도 하지 않았다. 얼굴 표정만 조금씩 바뀌었을 따름이었다. 약간 얼굴을 찡그리기도 했다가 힘을 주기도 했다가…… 겨우 그 정도였다.

그러나 구리 동전은 허공에 떠서 바람을 사방으로 펑펑 뿜어내다가 고요히 멈추어 있는 중이다.

'뭘 했지?'

'아무것도 안 한 것 같은데 뭐가 펑펑거렸지?'

곧 구리 동전은 혼자서 휙 하니 오황에게로 돌아갔.

장건이 아무런 움직임을 보이지 않았기 때문에 그것을 장건이 했는지 오황이 했는지, 세 소녀는 알 수 없었다.

오황이 날아오는 동전을 집어 소매에 넣었다.

"흘흘."

장건이 씩씩대며 오황에게 소리쳤다.

"아니, 던져도 왜 돈을 던져요!"

세 소녀들은 장건이 피하지 않은 이유를 깨닫고는 '윽!' 하고 질린 표정을 지었다.

'역시나!'

'돈이라서 피하지 않았어! 고작 일 문인데!'

'왜 던졌냐도 아니고 돈 던졌다고 화내는 거야?'

물론 그것을 오황도 생각하고 동전을 던진 게 분명했다. 그 증거로 오황은 실실 웃고 있었으니까.

"내 생각이 틀리지 않은 모양이구나. 그럴 줄 알았다."

"그런 말로 넘어가려고 하지 마세요. 왜 맨날 절 괴롭히는 거예요?"

"필요하니까 한 거다. 확인할 게 있었거든."

"허구한 날 뭐가 그렇게 필요하신데요."

장건의 타박에도 오황은 꿈쩍하지 않았다.

"보통 사람이라면 위급한 순간에는 새로 익힌 수법보다 몸에 익은 본능적인 움직임이 나오기 마련이다. 그런데 너는 급한 순간에도 익힌 지 며칠 되지 않은 수법을 써서 공격을 막아 냈다."

오황의 말에 장건은 물론이고 세 소녀들도 귀를 기울였다.

"내가 동전에 담은 공력은 족히 삼십 년 치다. 그 정도의 공력을 창졸간에 받아 내려 했으면 적어도 수년은 몸에 익힌 수법이 절로 튀어나왔어야 했다. 그게 무슨 의미인지 알겠느냐?"

장건은 '그런가?' 하면서 생각하는 얼굴이었다. 세 소녀는 오황의 말을 대략 이해는 하고 있었으나 그걸 장건에게 설명할 재주가 없었다.

오황이 대신 설명했다.

"내 생각엔 이렇다. 너는 요 며칠간, 그 짧은 순간에 철저하게 자신의 몸을 교정한 거다. 마치 깨달음을 얻는 순간 환골탈태를 하여 과거의 몸을 벗어 버리듯, 새 몸으로 갈아탄 거란 말이다. 능공섭물의 수법을 처음부터 가지고 있던 것처럼 자신의 몸을 완전히 바꿔 버린 거지."

어디서 저런 녀석이 튀어나왔을까, 라는 말은 굳이 뒤에 붙이지 않아도 괜찮았다. 모두가 다 똑같은 생각을 하고 있었으니까.

"그러니 내가 볼 땐 말이다, 네가 평범한 사람처럼 된다는 건, 불필요하다는 이유로 완전히 잊어버린 수법을 새롭게 다시 익히는 것과 마찬가지라고 본다. 고도의 수법을 계속 익히며 개량해 온 몸에다가 오래되고 낡아 쓸모없는 수법을 익히려 하니 그게 안 되는 게지."

양소은이 물었다.

"예를 들어서, 그냥 평범하게 걷는 것을 흉내 내는 것조차 안 될 거라는 말씀이신가요?"

장건은 며칠 동안 꾸준히 연습하고 있었지만, 평범하게 걷지 못하고 있었다. 조금이나마 나아져야 하는데 거의 나아지지 않았다.

"평범해지는 거? 보통 사람이라면 그까짓 게 뭐 어렵냐고 하겠지. 그런데 일정 경지에 오르고 나서 보면 그게 그렇게 어려울 수가 없는 게다."

오황이 계속해서 말했다.

"사실 우리는 걷는다는 행동 자체를 아무렇지 않게 생각한다만, 실상은 좀 다르다. 수십 개의 전신 근육과 뼈를 움직여야 하는 행위가 '걷는다'는 거다. 발가락 열 개 중에 하나만 없어도 뒤뚱거리지. 단순한 칼질보다도 더 많은 동작이 필요한 그 대단한 행위를 우리는 일상적으로 하고 있는 셈이다."

세 소녀는 주의 깊게 오황의 말을 들었다. 보법은 몰라도 그냥 걷는다는 것에 대해 고찰을 해 본 적이 없어 신선한 얘기였다.

오황이 말을 계속했다.

"그러니까 이게 웃기단 말이다. 수십 개의 근육과 뼈를 움직이는데 동작이 다 똑같겠느냐? 수천, 수만 명의 보통 사람들은 각자 생긴 대로 걷는다. 사람마다 팔을 흔드는 높이도 다르고 보폭이나 속도도 다르다. 심지어는 같은 사람인데도 매번 걸을 때마다 움직임이 달라. 그럼에도 불구하고 사람들은 그걸 특이하다고 인식하지 않는다. 왜일까?"

제갈영이 깜짝 놀란 눈을 크게 떴다.

"어? 듣고 보니 그러네요? 사람마다 걷는 게 다 다른데 그동안 보면서도 딱히 다르다고 생각한 적이 없었어요."

백리연이 장건을 쳐다보았다. 장건은 왠지 알고 있었을 법했다.

　장건은 평범하게 걷기 위해서 다른 사람들을 관찰했다. 그리고 걷는 모습이 저마다 다 다르다는 걸 알았다. 그래서 평범하게 걷는 게 더 어려웠다. 무엇이 평범한 것인지 기준을 삼을 수가 없었다.

　제갈영이 자길 따라하면 된다고 했지만 막상 제갈영조차도 시범을 보여 줄 때마다 미묘하게 움직임이 다 달랐다. 하지만 그걸 보고 아무도 다르다고, 특이하다고 하지 않았다. 손톱 두께만큼의 차이도 크게 생각하는 장건에게는 알쏭달쏭한 일이었다.

　오황이 흘흘 하고 웃으며 말했다.

　"모두 다 다른데 서로 그걸 이상하게 생각하지 않지. 그리고 뭐라 하느냐? 그걸 평범하다 말한단다."

　양소은이 혼잣말로 중얼거렸다.

　"모두가 다른데 그게 평범하다……."

　"이런 경우를 생각해 보자. 길거리에 평범한 사람 백 명이 걸어가고 있는데 그중에 한 십 년 정도 보법과 신법을 익힌 무인이 한 명 끼어 있다고 하면 어떻게 될까?"

　생각해 보나 마나다.

　오황이 대답을 기다리지 않고 말을 이었다.

　"모두가 그 무인의 걸음을 쳐다보고 자신과는 '다르다'는 걸 느끼게 된다. 십 년 동안의 수련이 그 무인에게 남들과 다른 것을 주었기 때문이다. 그렇다면 모두가 다른데 특히 그 무인을 보면서만 '특별하다'고 느끼는 점이 무엇이겠느냐?"

오황은 잠시 말을 끊었다. 어떻게 설명을 할까 고민하는 모양이었다.

"실제로는 그렇지 않지만 예를 들어, 보통 사람이 한 걸음을 내디딜 때 가진 바의 십분지 일만큼의 힘을 써서 움직인다고 하자. 그러나 계속 십분지 일의 힘을 유지하는 게 아니다. 십분지 일, 십분지 이, 십분지 일, 십분지 삼…… 이런 식으로 매 걸음이 달라진다. 그래서 진흙이나 눈밭에 남긴 발자국의 깊이가 매번 다르지. 보폭 또한 근소하게나마 계속해서 차이가 나게 된다."

백리연이 고개를 끄덕였다.

"그에 반해서 반복된 수련을 한 무인들은 부지불식간에 몸에 익힌 대로 항상 같은 힘으로 걷죠. 발자국이 일정한 깊이로 파여 있고 보폭도 같고요. 오황 어르신의 말씀대로라면 계속해서 십분지 일의 힘만으로 움직이기 때문이겠지요."

"그래. 그리고 사람들은 그런 무인을 보면 평범하지 않다고 말하는 게다. 서로 다 다른 건 일률적으로 평범하다 뭉뚱그리면서, 정작 통일성을 유지하는 행동을 보면 남들과 다르다고 하는 것이다."

아리송하고 어려운 말이었지만 세 소녀는 대부분 이해할

수 있었다.

"아아."

역시 무리(武理)에 통달한 오황답다.

"때로는 무질서함이 보편된 질서를 이루고, 질서가 오히려 무질서를 조성한다. 정(正)이 반드시 정이 아니며 가끔은 혼(混)이 보편적 질서의 기준인 정이 되나니, 그 둘은 서로 반목하면서도 상생하여 태극(太極)을 이루느니라. 이것이 혼원일기(混元一氣)요, 음양의 조화인 것이다."

백리연과 양소은, 제갈영은 감탄의 눈으로 오황을 보았다. 만일 그녀들이 좀 더 무공에 깊이가 있었다면 분명 큰 깨달음을 얻었을 터였다.

그러나 그렇지 못했다 하더라도 충분히 마음속에 감명을 주고 있었다.

"알아들은 듯하구나. 이것이 우리가 흔히 말하는 '평범함' 속에 숨겨진 진리이니라. 결코 간단한 얘기라고 할 수 없지."

세 소녀와 한 소년의 초롱초롱한 눈빛을 받으며 오황이 '흠흠.' 하고 헛기침을 했다.

"조금 더 쉽게 말하자면 말이다, 평범하게 걷는다는 건, 즉! 매번 다른 걸음을 걸어야 하는 무질서를 요구함이니…… 이미 무질서를 통해 질서를 이룬 무인은 알면서도 되돌아가기가 쉽지 않게 되느니라."

양소은이 '아!' 하고 탄성을 냈다. 번뜩 하고 머리에 떠오르는 것이 있었다.

"설마 그것이 반박귀진의 경지와 관계된 것인가요?"

무공을 익히다가 어느 순간 매우 평범한 사람처럼 무공을 익힌 흔적이 없어지는 것이 반박귀진이다.

오황의 말에 따르면 무질서를 통해 질서에 다다르며, 질서의 정점에서 다시 무질서를 깨닫는다고 했다. 그 같은 무리가 바로 반박귀진인 것이다.

"바로 그렇단다."

"아아……!"

양소은은 입을 다물지 못했다.

천생 무인인 그녀는 소름까지 돋았다.

반박귀진…… 고수라는 말로도 부족해서 초고수라고 불러야 할 경지…….

그러한 경지이니 오황이 어렵다고 말할 만하다.

평범함이라는, 인지조차 하기 힘든 너무나 친숙한 현상에서 질서를 깨달아야 하고, 질서로운 단계에서 다시금 조리와 혼돈의 관계를 이해하여야 마침내 도달할 수 있는 경지였다.

그 같은 무리에 비교해 보자면, 장건이 평범하게 걷는 것에 힘들어 하는 것도 당연한 일이다.

이미 백 걸음을 걷든 천 걸음을 걷든 도장 찍듯 똑같이 걸을 수 있는 장건이 보통의 평범한 사람들처럼 일정하지 않은 무작위의 힘으로 매번 걸어야 하다니…….

그러나 한편으로는 그만큼 장건의 무공이 높은 경지에 있다는 말이기도 하다. 반박귀진을 눈앞에 둔 단계라고 오황이 인정해 준 셈이다.

"그렇다면 장 소협은……."

"음과 양의 줄기가 맞물려 꼬리를 뒤쫓으며 하나의 구(球)를 이루듯, 서로 상반된 이치가 태극을 이루는 과정을 이해해야 평범함을 알 수 있게 될 것이니라. 대충 그 즈음에 와 있는 것 같기도 하고…… 그런데 문제는……."

오황도 확신하기 어려운지 얼굴을 찌푸리고는 고개를 좌우로 까딱거렸다.

"과연 이놈이 태극의 원리를 이해한다고 해서 평범하게 반박귀진을 행할지 그게 의문이다. 왜인지는 모르겠는데 그렇게 하지 않을 것 같단 말이지."

흠칫!

-왜인지는 모르겠는데…….

감조차 뛰어난 오황이다.

그 한마디가 오황의 심오한 무학 강의에 심취해 있던 세 소저의 정신을 일깨웠다.

그렇다.

장건에게 중요한 건 음양학도 아니고 태극의 원리도 아니었다.

 남들이 십분지 일의 힘으로 걸음을 걷는다면 장건은 백분지 일의 힘만으로 걸음을 걷는다. 그렇게 적은 움직임으로 걷다 보니 사실 걷는 것처럼 보이지도 않는다. 걷는다고 표현하는 것도 이상할 지경이다.

 어쨌거나 장건이 그렇게 걷는 이유…… 그 이유를 세 소저는 잘 알고 있다.

 '그 조금의 힘을 더 쓰는 것도 아까워하니까!'

 그러니 태극의 원리를 이해한다고 해도 절대 평범한 걸음을 할 리가 없다.

 도리어 전보다 더 나빠질 수도 있는 것이다.

 덜덜덜.

 누구라고 할 것도 없이 잘게 손을 떠는 세 소저였다. 갑자기 수전증에라도 걸린 듯했다.

 그녀들의 예비 낭군은, 고래로 인간의 범주마저 뛰어넘어 버린 초고수들이 증명해 온 최상승의 무리(武理)조차 '아껴야 한다'는 이유로 아무렇지 않게 무시할 수 있는 남자였던 것이다.

 고루한 성격의 노무인(老武人)이 '네놈은 수천 년 무림 역사의 만근 무게가 한 줌도 느껴지지 않는단 말이냐!'라고 피를 토하며 외쳐도, 지금의 장건에게는 닿지 않을 이야기일 뿐이었다.

제갈영이 떨리는 손을 붙들고 장건에게 물었다.
"오라버니, 무슨 말인지 이해했지?"
장건이 머리를 긁적이며 어색하게 웃었다.
"무슨 말인지는 알겠는데 어떻게 받아들여야 하는 건지는 모르겠어. 좀 더 생각해 봐야 알 것 같아."
"그래도 그 정도면 그나마 다행…… 응?"
"왜?"
장건이 되물었다.
제갈영은 멍하니 장건을 보며 대답하지 못했다.
백리연과 양소은, 오황마저 궁금해져서 제갈영의 시선을 따라가 보았다.
"왜들 그래요?"
긁적긁적…….
제갈영의 시선은 장건의 뒷머리를 향해 있었다.
장건은 딱히 대단한 걸 하고 있지 않았다. 그저 머리를 긁고 있을 뿐이었다.
뒷머리를 긁는 것은 장건이 유별나게 자주하는 습관이었다. 평소에는 시체처럼 거의 움직임이 없는데 유독 뒷머리를 긁적거리는 버릇만은 여전히 남아 있었다.
그래서 세 소녀와 오황도 장건의 그 버릇을 기억하고 있었다.
하지만 겨우 머리 긁는 일로 그들이 놀랄 리 없다.

머리를 긁긴 하는데 뭔가 이상한 것이다.

긁적긁적.

장건의 뒷머리의 머리카락들이 들쑥거리고 움직인다.

그러나 손은 내린 상태다.

머리카락은 움직이는데 손은 전혀 움직이지 않고 있다.

표정이나 머리카락이 들리는 모양만 보면 영락없이 머리를 긁는 모양새다.

그제야 장건이 무얼하는 건지 깨달은 이들이었다.

장건은…… 능공섭물로 머리를 긁고 있었던 것이다.

'으으으으!'

'머리 정도는 그냥 손으로 머리 긁으면 안 되냐!'

네 사람의 목에 불덩이처럼 뜨거운 외침이 딱 걸렸다.

보통 사람이라면 능공섭물로 머리를 긁는 건 참으로 귀찮은 일일 터였다. 딱히 손쓰기가 불편하거나 한 게 아니라면 능공섭물을 쓰는 게 쉬운 일은 아닐 테니 말이다.

방금까지 장건에게 한창 무학을 강의한 오황이었으나, 이 어이없는 일에는 슬쩍 치가 떨렸다.

'내 저놈이 능공섭물에 몸이 맞춰져 있다고 인정하긴 했으나, 아무리 그래도 그렇지 버릇마저 그래서 능공섭물로 머리를 긁는 놈이 세상에 어디 있단 말이냐! 능공섭물이 무슨 옆집 개새끼 이름이냐?'

대관절!

뭐, 저런 녀석이 다 있나?

세 소녀의 눈이 간절한 바람을 안고 오황을 바라보았다.

'완전히 몸에 인이 박였는데 진짜 고치는 게 가능할까요?'

오황은 그녀들의 소리 없는 외침을 충분히 이해할 수 있었다.

지금 이 순간만큼은 오황도 갑자기 자신이 없어졌으니까.

하지만 오황은 아직 희망을 버리지 않았다.

'흥. 네가 아무리 독정까지 품었다 해도 이번엔 안 될 거다. 내 단단히 준비하마.'

오황이 살짝 잃어버릴 뻔했던 자신감을 다시 되찾았다.

'그것'이면 이번에야말로 장건의 약점을 파고들 수 있을 것이었다.

그렇다면 이제 두 번째이자, 마지막이길 바라는 회심의 계획을 실행할 때였다.

오황이 장건에게 말했다.

"심부름 하나 해 줘야겠다."

"네?"

오황이 미리 준비해 둔 서한을 장건에게 건네주었다.

"중요한 일이니까 잠깐 본사에 올라서 방장 대사에게 전해 주고 대답을 받아 오너라."

장건은 내키지 않았지만 서한을 받아 들었다.

장건이 힐끗 보니 백리연과 양소은, 심지어 제갈영의 표정도 이상했다. 마치 전장에라도 나가는 듯 결연한 얼굴로 장건에게 꼭 가야 한다고 압박하는 분위기였다.

'흐응?'

장건은 이해할 수가 없어 또다시 머리를 긁적였다.

긁적긁적.

긁적긁적…….

물론 손은 여전히 가볍게 허리 아래로 내린 채였다.

제4장

사과를 깎는데
삼십 년이 걸린 이유

 익숙한 기합 소리와 독경 소리, 땀 냄새와 그 사이로 은은한 향내가 함께 공존하는 곳, 소림사.

 겨우 며칠 떠나 있었을 뿐인데도 장건은 왠지 모르게 고향집에 돌아온 듯 마음이 편해졌다.

 소림은 여전히 바빴다.

 며칠 앞으로 다가온 진산식의 마무리 준비가 한창이라 많은 사람들이 오가고 있다.

 장건은 잠시 그 모습들을 바라보다가 살짝 죄책감을 느꼈다.

 '하아! 다들 바쁘게 움직이고 있는데 나만 너무 아무것도

안 하고 있네.'

 장건은 사형제들에게 미안한 마음이 들었다. 자기더러 할 필요가 없다고 한 오황의 말과 쉬지 말고 움직이라는 굉목의 말이 자꾸만 걸리기도 했다.

 '그러고 보니 노사님 보고 싶다.'

 장건은 문득 그동안 굉목을 너무 오래 잊고 있고 살았다는 걸 깨달았다. 어쩌면 무서워서 일부러 모른 척 살았는지도 모르겠다.

 진산식이라는 명목으로 잠시 늦춰져 있지만 굉목에게 내려질 처분을 생각하면 가혹하기만 하다.

 "휴우."

 장건의 마음이 무거워졌다.

 자기가 할 수 있는 일도, 되는 일도 없어서 힘들다. 깊은 수렁 속에 양발을 담그고 있는데 발목에는 무거운 추까지 달린 기분이다. 앞도 보이지 않는 컴컴한 길을 한 걸음도 나아가지 못하고 있다.

 '어떻게 해야 하지?'

 늘 굳은 얼굴로 꾸지람만 하던 굉목이지만, 사실 그는 장건에게 최고의 조언자였다. 부모와 다름없이 언제 무슨 일이 생겨도 의지할 수 있는 이였다.

 그런 굉목을 위해 아무것도 할 수 없다는 사실이 괴롭다.

 장건은 낮은 한숨을 토해 내고는 멈추었던 발걸음을 떼기 시작했다.

 * * *

 장건이 마지막으로 본 지 겨우 며칠 정도밖에 되지 않았다 싶었는데 방장 굉운의 안색은 굉장히 파리해져 있었다. 굉운은 의자에 앉아 집무를 보고 있었으나 왠지 모르게 힘들어 보였다.
"어서 오너라."
장건은 합장을 하고 방장의 곁으로 다가갔다.
"그래, 무슨 일이냐?"
"아, 여기요."
장건은 오황이 준 서한을 건넸다.
굉운이 받아서 읽어 보더니 가볍게 입가에 미소를 지었다.
장건이 조심스럽게 물었다.
"안색이 안 좋아 보이세요. 어디 아프세요?"
"괜찮다."
굉운이 장건에게 웃어 보였다.
'내 착각인가?'
장건은 의아했다.
좁은 방장실, 향로에서 피워 내는 은은한 향의 냄새에 비릿한 피비린내가 섞여 있었다. 늘 정기가 충만하고 맑던 굉운의 눈도 조금 흐릿해 보였다.

'착각은 아닌 듯한데……'

괜찮아 보이던 굉운이 갑자기 아파 보이는 게 이상했다. 상처가 점점 좋아지지 않고 나빠진다는 건 흔히 볼 수 있는 일이 아니다.

'역시 공명검…… 때문이구나.'

이유를 설명하라면 그것밖에는 없을 듯싶었다. 강력한 검성의 내가기공이 굉운의 상처에 남아 회복을 방해하고 있는 것이다.

"휴우."

자기도 모르게 한숨을 내뱉는 장건을 보며 오히려 굉운이 걱정하지 말라고 위로를 해 주었다.

"네가 걱정할 일이 아니란다."

굉운은 곧 반쪽짜리 죽간(竹簡)에 몇 글자를 적어 장건에게 건네주었다.

"자, 네가 할 일은 이걸 공양간의 료 사제에게 가져다주는 거다. 이걸 주면 알아서 챙겨 줄 테니 잘 가져가거라."

"네? 챙겨 주다니요?"

장건이 물었지만 굉운은 빙긋 웃을 따름이었다.

"어서 가 보거라."

*   *   *

공양간에서도 장건의 의문은 풀리지 않았다.

굉운이 써 준 죽간을 본 굉료는 매우 심각한 표정을 지었다.

"어허! 이런! 이런 일이 다 있나!"

굉료가 거친 수염을 쓰다듬으면서 장건의 눈치를 힐끔거리고 본다.

"……?"

"엇험!"

괜한 헛기침을 한 굉료가 공양간으로 들어가 뭔가 주섬주섬 한 보따리를 챙겨 들고 나왔다.

장건의 덩치만큼이나 커다란 보따리를 장건에게 건네려다가 갑자기 고개를 가로젓는다.

"아냐아냐. 이건 아무래도 내가 직접 가져다주는 게 좋겠다. 중요한 거니까."

그리고는 공양간의 담벼락에 쌓인 자루를 가리켰다.

"너는 저기 있는 감자를 손질해 놓고 천천히 내려 오거라. 다 안 해도 되고 한 신시(申時)쯤 되면 그냥 내려와도 된다. 알겠지?"

"하지만……."

신시면 저녁 공양 시간 좀 전이다. 아직 그때가 되려면 최소한 한 시진은 더 있어야 한다.

"이거 참, 내가 빠질 수가 없는 일이라…… 그러니까 아무튼 부탁한다, 츄흡! 크흐흐흐."

"앗!"

장건이 뭐라고 대답을 하기도 전에 굉료는 벌써 경공을 사용하며 달려가고 있었다.

슝 하고 바람 소리까지 나는 듯했다.

종잡을 수 없는 굉료의 행동에 장건은 여전히 궁금증만 증폭될 뿐이다.

"대체 무슨 일이지?"

겉으로는 대단한 일인 척하는데 실제로는 왠지 모르게 웃고 있는 굉료의 표정이라거나…… 뜬금없이 감자를 손질해 놓으라거나…… 자꾸 침을 삼키고 있다거나…….

감자 손질하는 일이 어려울 것도 없고 지금 딱히 해야 할 일도 없지만 하여튼 이상하다.

벌써 굉료는 보이지도 않는다.

"흐응?"

장건은 고개를 갸웃거리다가 감자가 담긴 자루를 집으러 갔다. 어쨌든 간에 시킨 일이니까 해 놓고 오두막으로 가 봐야 할 것 같았다.

* * *

겨울이라 물이 차가웠다.
"아우, 손 시려."
뼈까지 아려 오는 듯하다.
 장건은 흙이 묻은 감자를 앞에 두고 얼음장 밑으로 졸졸 흐르는 개울물을 보았다.
 그리고 보니 굉목과 살 때 겨울에는 빨래를 해 본 적이 거의 없는 것 같다.

 －그걸 빨래라고 하고 앉았느냐?
 －네게 빨래를 맡겼다간 옷 다 헤지게 생겼구나!
 －이리 내놓거라! 차라리 내가 하고 말지.

 라고 타박하며 자신이 직접 빨래를 해 왔다.
 장건은 가슴이 아련해졌다.
 "노사님……."
 지금 생각해 보면 겉으로야 그렇게 말은 했지만 그것도 다 굉목이 장건을 생각해서 한 일인 것이다.
 지금이야 내공으로 충분히 동상 정도는 막을 수 있지만 예전에야 그렇지 못했으니까.
 장건은 굉목을 생각하며 눈시울을 붉혔다가 한숨을 내쉬며 고개를 흔들었다.
 생각하면 그때가 너무 그립다. 하지만 생각해 봐야 가슴만 아플 뿐이다.

장건은 곧 내공을 가볍게 전신에 순환시켰다. 소림 내공심법의 기운이 워낙 양의 성질이 강해서 내공을 순환시키는 것만으로도 몸에 열이 난다. 그래서 소림의 승려들은 얇은 승복 하나로 충분히 겨울을 나곤 한다.

난로처럼 몸이 데워지자 훅 하고 더운 입김이 나왔다.

장건은 기의 가닥을 뽑아내서 섭물법의 수법으로 감자를 들고 씻어 볼까도 했다.

하지만 감자를 집는 것은 몰라도 그걸 씻는 것까지는 기의 가닥으로 할 수 없었다. 바늘 수백 개를 흩어 놓고 하나를 집으라고 하면 하겠는데 씻는 건 어떻게 하기 애매했다. 젓가락으로 물건을 집는 건 잘 해도 닦기 어려운 것과 비슷하다.

"이런 것 까지는 안 되는 건가?"

좀 더 연구를 해 보면 어떻게든 해 볼 수도 있었겠지만, 장건은 지금 거기까지 신경 쓸 여유가 없었다.

장건은 할 수 없이 직접 감자를 손에 들고 물에 넣었다가…… 뺐다.

퐁—

"으, 차갑다."

좀 더 내공을 써서 손에 집중시켰다. 장갑을 두른 것처럼 손에 후끈한 열기가 맺혔다.

그리고 흙 묻은 감자를 집어 개울에 넣고 씻으니 차갑게 느껴지지 않았다.

그렇게 순식간에 십여 개를 씻어 놓았을 때였다.

공양간 안에서 커다란 대나무 바구니를 들고 나타난 동자승이 다가왔다.

"그렇게 하시면 안 돼요."

장건보다 어려 보이는 동자승이었다.

"네?"

"공양주 스님이 그렇게 하면 안 된다고 하셨어요."

공양주승이면 공양간의 최고 스님이니 굉료다.

장건은 씻던 감자를 물에서 꺼내고 동자승을 보았다. 동자승은 초롱한 눈빛으로 장건을 마주 보고는 옆에 쪼그리고 앉았다.

겹쳐둔 대나무 바구니를 떼어 옆에 주섬주섬 놓으면서 공자승이 말했다.

"지난번에 채공 스님이 날이 좀 춥다고 내공을 쓰면서 야채를 씻으시다가 뒈지게 맞…… 아니, 많이 혼나셨어요."

"예?"

장건은 지난번 공양간에 왔을 때 공양간을 쩌렁거리고 울리던 굉료의 목소리를 떠올렸다.

―이놈들이? 아직도 정신을 못 차리고 느릿느릿하네? 그럴

거면 무공은 뭐 하러 배웠어! 국 끓이고 야채 썰고 채소 다듬는 데 쓰라고 배운 거 아냐!

굉료는 그렇게 고함을 지르며 공양간의 스님들을 다그치고 있었다.
장건이 그때 일을 기억하며 물었다.
"전에는 공양간 안에서 일할 때 무공을 쓰라고 하셨었는데요."
"네, 공양간 안에서는 그렇게 하라고 하세요. 특히 칼질할 때는 더 쓰라고 하셔요. 그래야 더 신선하게 오래간대요."
"그런데 왜 지금은 쓰면 안 돼요?"
"으이이이익, 차가워!"
동자승이 찬 개울에 감자를 넣으며 얼굴을 찡그리고는 말했다.
"씻을 때 내공을 쓰면 채소가 가지고 있는 고유의 기를 해친대요."
"기를 해치다니요?"
"세상 만물 어디에나 기가 있잖아요. 채소에도 당연히 기가 있는데 그걸 해치지 않으려는 거죠."
"네?"
알쏭달쏭한 눈으로 장건이 동자승의 뒷말을 기다렸다.
동자승이 감자 한 개를 씻고는 손을 호호 불면서 말을 이었다.

"칼로 썰 때는 칼질을 빨리 할수록 그 시간이 짧아져서 싱싱해지는데 손을 대고 씻을 때는 직접 닿기 때문에 시간이 길어질수록 채소가 영향을 받는대요. 쉽게 말하면 채소의 기가 상하는 거예요. 사람은 단전호흡 말고도 음식물을 먹어서 기를 취하잖아요. 그러니까 먹는 사람은 결국 기가 상한 채소를 먹게 될 수도 있다는 거죠."

장건은 이해가 잘 가지 않았다.

"내공을 써서 채소를 씻는다고 그렇게 기가 많이 상한다는 건 잘 모르겠어요. 그리고 기가 조금 상한 채소를 먹는다고 몸이 아프다거나 하진 않을 거 같은데요."

"지난번에 뒈지게 맞…… 아니, 혼나신 채공 스님이 그렇게 똑같이 물으셨어요. 그러니까 공양주 스님께서 똑같은 감자 두 개를 땅에 심으셨어요. 하나는 내공으로 손을 감싸 씻은 감자고, 하나는 내공을 쓰지 않고 씻은 감자였죠."

동자승이 싱글벙글 웃으면서 물었다.

"어떻게 됐을까요?"

"그야……."

"네, 하나는 싹도 빨리 나고 잎도 풍성하게 잘 자랐는데, 다른 하나는 싹도 잘 못 피우고 잎도 비실비실했죠. 벌레도 많이 먹었어요. 채소가 사람보다 훨씬 기에 민감한 거예요."

"헤에?"

동자승이 어깨를 으쓱했다.

"그리고 채공 스님은 귀찮게 했다고 또 뒈지게 맞…… 혼나셨죠. 봐라, 너는 이런 걸 사람에게 먹일 작정이냐? 라면서요."

장건과 동자승은 동시에 킥킥 하고 웃었다.

장건이 웃음을 멈추고 물었다.

"그럼 채소를 씻을 땐 아예 내공을 쓰면 안 된다는 건가요?"

그럼 손이 많이 시릴 텐데…… 하고 걱정스런 어조였다.

동자승은 변성기도 지나지 않은 목소리로 굉료의 칼칼한 목소리를 흉내 내며 말했다.

"채소는 채소니까 채소를 씻는 건 그냥 채소를 씻는 것뿐이다! 라는 걸 알면 내공을 써도 된다고 공양주 스님이 말씀하셨어요."

동자승은 말하면서도 모르겠다는 표정으로 말을 이었다.

"하지만 그걸 알게 되면 내공을 굳이 쓰겠다는 생각을 안할 거라고 하셨죠."

어디선가 들어본 듯한 말이다.

'아아!'

검성 윤언강과의 첫 만남.

검성은 사과를 깎아 보이며 장건에게 그렇게 말했었다.

-사과는 과일이지 생사대적이 아니니라. 사과를 깎을 때에는 사과를 깎는 칼을 써야 하는 법이다.
　-사과는 그저 사과일 뿐이니 자연스럽게 깎으면 그뿐이란다. 그래야 제대로 된 검을 쓰는 것이지.

　장건의 생각을 읽은 것처럼 동자승이 검성을 언급해서 장건은 깜짝 놀랐다.
　"저는 그때 갓 행자가 되었기 때문에 몰랐는데요. 공양주 스님이 검성이란 분께서 깎은 사과를 공양간에 둔 적이 있었대요. 그 사과가 썩지도 않고 멀쩡하게 반년을 넘게 있었다고 사형들이 그러셨어요. 공양주 스님은 채공 스님에게 그 정도가 되면 니 마음대로 하거라, 라고 하셨죠."
　장건은 곰곰이 기억을 더듬어 보았다.
　검성이 사과를 깎을 때 내공을 썼던가?
　잘 기억이 나지 않았다. 하지만 내공을 쓰지 않고 맨손으로 사과를 깎을 순 없을 것이다.
　내공을 분명히 썼고 동작도 아주 느렸지만 사과는 전혀 상하지 않았고, 오히려 매우 맛있어 보였다. 그게 무려 반년을 썩지도 않고 있었다니……
　'똑같이 내공을 썼는데 왜 하나는 상했고 하나는 더 좋아진 걸까……?'
　장건은 더 깊은 생각에 잠겼다.

'내공을 썼지만 쓰지 않은 것 같은…… 그런 경지가 되면 채소의 기를 상하게 하지 않을 수 있는 건가?'

사람을 한 번에 죽음에까지 이르게 할 수 있는 공명검이라는 무공, 그 무공도 그러했다.

단 일격으로 홍오가 빈사에 이르렀지만 아무도 검성이 그 정도의 공격을 하는지 알지 못했다. 장건을 제외하고는 홍오조차 아무것도 느끼지 못한 채 공명검에 정통으로 당하고 말았다.

내공을 썼는지 안 썼는지 모르게 무공을 펼쳤다는 건 사과를 깎을 때나 공명검을 펼쳤을 때나 같았다. 그러나 결과는 정반대였다.

하나는 살리고 하나는 죽이는 수법이었다.

장건은 기의 가닥을 뽑아서 공력을 불어 넣어 허공을 그어 보았다.

싹!

아무것도 없는 공간에 예리한 칼로 긋는 소리가 난다.

동자승이 무슨 일인가 하여 고개를 좌우로 살피고 있었지만 장건은 설명할 틈도 없이 자신만의 생각에 빠져 있었다.

'왜 다르지? 어떻게 다르지? 똑같이 내공을 써서 기로 날카롭게 베는 건 같은데…… 하나는 살고 하나는 다치고……'

그 때 장건은 전혀 연관성이 있어 보이지 않는 단편적인 기억 한 조각을 떠올렸다.

—사람을 다치게 하는 무공이 싫다 하면서 사람을 즉사시킬 무공만 연구하는 네놈에게 과제를 내주마.

라고 했던 오황의 말이었다.

지금과 아무런 상관이 없는 것 같은 그 한마디에서 장건이 다음 생각을 연결하는 데까지는 불과 촌각의 시간도 채 걸리지 않았다.

번쩍!

정수리에 벼락이…… 실제 벼락은 아니었으나 정말로 벼락을 맞은 것 같은 충격이 왔다.

"아!"

정수리에서부터 타고 내린 전율이 장건의 온몸을 잠식했다. 온몸에 소름이 돋고 머리카락이 쭈뼛거리며 섰다.

'와아……!'

장건은 몸이 살짝 붕 하고 뜨는 느낌까지 받았다. 단전에서부터 부글거리고 피어난 어떤 진득한 느낌의 것들이 전신으로 서서히 퍼져 나가 몸 밖으로 빠져나가는 그런 기분이었다.

'그래, 그게 그 말이었구나…….'

이제야 알 것 같았다.

몇 해 전 검성 윤언강이 남겼던 그 한마디.

―나도 그 사과를 깎는 데 삼십 년이 걸렸느니라.

 그때는 무공에 대해 무지했던 때라 무슨 말인지 몰랐다. 정말로 순수하게 검성이 사과 깎는 연습을 삼십 년이나 한 줄 알았다.
 '참 이상한 사람이지.'라고 생각했었다.
 그런데, 삼십 년…….
 같은 칼이라고 같은 것이 아니다.
 칼은 칼이되 사과를 깎는 칼과 적을 대하는 칼은 다른 법이니…….
 같은 내공을 같은 심법으로 사용하더라도…….
 그 결과는 내가 쥔 칼에 따라 바뀔 것이리라.
 내가 쥔 칼, 내가 쥐고자 하는 칼…….
 그것이 의지…….
 같고 다름을 결정하는 것은 오로지 스스로의 의지.
 그러한 의지를 펼쳐 내기 위해서 검성은 무려 삼십 년이나 검에 매진하였던 것이다!
 그에 비하면 장건 자신은 겨우 며칠 정도를 답답해하며 힘들다고 투정을 부리고 있을 뿐이었다!
 순간.
 극히 멀리 있는 하얀 점에서 수많은 빛의 동심원이 퍼져 나오며 장건을 감싸 왔다.

"후욱!"

장건은 뜨거운 김을 한 번에 토해 내며 눈을 떴다.

이마에 땀방울이 맺혀 있었다.

짧은 시간 동안 긴 꿈을 꾼 듯했다.

아주 조금이지만 장건은 공명검의 실마리를 보았다. 의지의 실체와 의미를 이해했다.

덤으로, 삼십 년이란 세월에 비하면 자신은 고작 며칠을 힘들어하고 있을 뿐이라는 위안을 얻었다.

그래서였을까?

답답해져 있던 정신이 맑아지며 가슴마저도 상쾌했다.

공명검 때문에 겪고 있던 심마에서 어느 정도 벗어난 것이다. 또한 내공이 늘어나 단전이 또다시 두터워진 걸 확연히 느낄 수 있었다.

'깨달음을 얻으면 내공이 증진한다더니 그게 이런 말이었구나.'

"괘, 괜찮아요?"

동자승이 놀란 눈으로 장건을 보고 있었다.

장건은 동자승을 마주 보고 기분 좋게 웃었다. 정말로 기분이 좋았다.

"네."

무공의 세계는 정말 심오하다는 걸 다시 한 번 깨닫는 장건이다.

손에 잡힐 듯 잡히지 않는 깨달음을 잡았을 때의 그 엄청난 희열이란!

"이야압!"

장건은 들뜬 마음을 가라앉히느라 몇 번이나 기합을 내고 심호흡을 해야 했다.

그런데 문득 장건은 의아한 점을 떠올렸다.

"저기, 근데요."

"네?"

"제가 내공을 쓰고 있는지는 어떻게 아셨어요?"

장건은 무공 대결을 할 때가 아니면 내공을 쓸 때 거의 티가 나지 않는다. 그런데 거의 무위가 느껴지지 않는 동자승이 그걸 대번에 알아보니 신기했다.

혹시 장건이 발끝에도 미치지 못하는 고수일까?

동자승은 '아아, 난 또 뭐라고요.'라고 혼잣말을 하더니 눈짓으로 힐끗 장건의 손을 가리킨다.

"멀쩡하시잖아요."

장건이 자신의 손과 동자승의 손을 번갈아 보았다.

동자승의 손은 물에 몇 번 담그지도 않았는데 벌써 새빨갛다. 그에 비해 자신의 손은 희고 고운 그대로다.

"아아……."

머쓱해진 장건이 머리를 긁었다.

긁적.

물론 손은 그대로다.

장건은 끌어 올린 내공을 모두 단전으로 돌려보냈다. 겉옷을 벗어던진 것처럼 허전하게 느껴지며 살짝 추위가 느껴졌다.

그렇다고 해도 기본적으로 보통 사람들에 비해 정이 충만하니 추위를 덜 느끼는 편이었다.

장건은 내공을 하나도 쓰지 않고 맨손으로 감자를 잡아 개울물에 집어넣었다.

"으으……."

몸이 오싹한 게 물이 정말 차갑다.

단전에서 내공이 튀어나오려 꿈틀댔지만 장건은 의도적으로 단전을 억눌렀다. 이젠 스스로 부족하다는 걸 잘 알았다. 검성처럼 내공에 의지를 담는 방법을 깨달을 때까지는 무리하게 시도하지 않는 게 낫다는 걸 느낀 참이었다.

내공을 쓰지 않는다는 건 정말 힘든 일이다.

장건은 동자승과 마찬가지로 감자 한 알을 씻을 때마다 한 번씩 손에 입김을 불어야 했다. 흙이 남아 있으면 먹을 때 씹히니 대충 씻을 수도 없었다.

동자승은 익숙한 일인지 힘들어도 큰 내색을 하지 않았다.

"저녁 공양에 금방 쓸 거긴 하지만 혹시 얼 수도 있으니까 천으로 닦아서 여기 바구니에 두시면 돼요. 근데 너무 추우니까 안 되겠다. 저는 옆에 불이라도 조그맣게 피울게요."

 동자승은 공양간에 들어가 불씨를 가져오더니 주변에 있는 나뭇가지 몇 개를 주워 와서 불까지 피웠다.

 평소라면 그것조차 불을 피우는 게 아까웠을 장건이었다. 물론 지금도 조금 아깝긴 했다. 하지만 손이 너무 시려서 가끔씩 불을 쬐지 않으면 얼어 버릴 것 같았다.

 '아깝다고 안 하면 안 되는 일도 있구나.'

 머리로는 이해하는데 여전히 심정은 그대로다. 작은 깨달음을 얻었다고 원래 가진 생각이 확 바뀌지는 않는 모양이었다.

 중요한건 어쨌거나 감자를 씻는 일이니까 장건은 그에 집중하기로 했다.

 옆에서 동자승이 조언을 해 주었다.

 "혹시 싹이 난 게 있으면 그냥 두면 안 돼요. 칼로 싹이 난 부분을 잘라야 돼요. 겨울이라 거의 없겠지만 간혹 창고 안에서 정신없는 애들이 싹을 피운 경우도 있거든요."

 "싹을 왜요?"

 "감자의 싹에는 독이 있어서 그냥 먹으면 큰일 나거든요. 조리를 하면 괜찮아진다고 하는데 우린 일부러 잘라 내요."

 마침 싹이 난 감자를 집어 든 동자승이 칼로 윗부분을 썩둑 잘라 보였다.

 "이건 잘라서 옆에 바구니에 두세요. 나중에 약국(藥局)에 가져다 두면 말려서 약으로 써요. 그냥 먹으면 독인데 잘 쓰면 약이라니, 신기하죠?"

무공과 의학은 서로 닿아 있는 부분이 많아 소림에서도 금창약부터 시작해서 내외상을 모두 다룰 수 있는 약을 제조할 수 있었다.

때문에 일반 백성들에게도 이를 베풀고자 금나라 때 지륭(志隆) 대사가 소림 내에 약국을 개설하였다. 이를 계기로 삼아 소림은 구휼의 일환으로 중원의 여러 곳에 지부와 함께 빈민들을 위한 소림 약국을 설립했다.

굉운 대에 와서는 그 역할을 더 확대해서 사람들에게 좋은 평을 듣고 있었다.

장건과 동자승은 이런저런 얘기를 나누면서 몇 번이고 손을 호호 불어 가며 감자를 씻었다.

어느덧 바구니에 깨끗한 감자알이 그득하게 쌓여 가고, 시간도 꽤 흘렀다.

"이제 그만해도 될 거 같아요."

동자승은 언 손을 모닥불에 녹이며 바구니에 담긴 감자 수를 셌다.

"끄응!"

장건도 신음 소리를 내며 기지개를 켰다.

오랜만에 내공을 쓰지 않고 움직였더니 개운한 한편 피곤

하다는 생각도 들었다. 차가운 물에 손을 담그고 한참 쭈그려 있었더니 몸도 뻣뻣하다.

"전 바구니를 좀 가져다 놓고 올게요."

"저도 도울게요."

"아녜요. 잠깐 불 쬐면서 쉬고 있어요."

동자승은 재주 좋게도 머리에 바구니를 이고 양 옆구리에 또 하나씩을 끼워 공양간으로 들고 갔다.

마지막 바구니까지 다 들고 가자 장건도 슬슬 돌아갈 준비를 했다.

그래도 그냥 가기는 뭐해서 인사라도 하고 가려고 잠깐 기다리고 있는데, 동자승이 주위를 두리번거리면서 손에 뭔가를 들고 왔다.

"쉿. 조용히요."

그러면서 동자승이 내민 것은 작은 사발이었다. 물보다는 좀 더 탁한 액체가 담겨 있었다.

"자, 받아요."

"이게 뭐예요?"

"밖에서 추운 일을 하고 나면 몸이 굳잖아요. 그럴 때 한 모금씩 마셔 주는 거예요. 몸이 확 풀릴 거예요. 보약 같은 거예요."

"보약이요?"

"공양간 아니면 딴 데선 구하지도 못하는 거예요."

귀하다는 말에 장건의 귀가 솔깃했다.

추위 때문에 몸이 굳은 거야 내공을 돌리면 된다고 해도 귀한 거라니까 절로 손이 갔다.

이상하다는 생각은 들었지만 이번에도 머리보다 몸이 앞섰다.

"그럼……."

"쭉 들이켜요. 몸이 따뜻해질 거예요."

장건은 얼떨결에 사발을 받아 마셨다.

한 모금을 삼키자마자 탁 하고 숨이 막히는 감각과 함께 알싸한 맛이 났다.

"어?"

사발에서 살짝 입을 떼었다.

'독인가?'

맵고 쌉싸름하고 탁한 느낌은 분명 독초를 먹을 때의 느낌이었다. 뱃속이 뜨끈해지는 느낌까지 같았다.

거칠고 투박한 맛이었지만 그것이 오히려 독초의 맛과 더 유사했다.

장건은 가슴과 배를 쓸어내렸다.

"후아아."

뜨끈뜨끈한 기운이 식도와 위를 타고 내려간다. 그 감각이 너무 생생해서 액체가 타고 내려가는 경로를 손으로 그릴 수 있을 정도였다.

후 하고 입김을 내뱉으면 불꽃이라도 튀어나올 듯했다.

동자승의 말처럼 열이 올라서 언 몸이 싹 풀렸다.

사실 독이라면 장건은 별로 두려울 게 없었다. 오히려 환영하는 입장이다.

먹으면 먹을수록 원기가 충만해지는 좋은 기분 때문에 자꾸만 주워 먹게 되는 게 독초였다. 그때의 익숙한 맛이 지금과 매우 유사해서 편했다.

장건은 남은 한 모금을 홀짝 마셨다.

또다시 목과 가슴, 배가 뜨끈해졌다.

그런데 독을 먹었을 때하고는 다르게 코가 찡 하고 울리는 게 재밌다.

그것마저도 그리 나쁜 감각은 아니었다.

'희한하네?'

쩝쩝.

겨우 두 모금을 마셨더니 냠냠하다. 아쉬워서 더 먹어 보고 싶지만 귀한 거라니 더 달라고 할 수도 없었다.

동자승이 눈을 동그랗게 떴다.

"잘 드시네요. 처음이 아닌가 봐요?"

독이라면 처음이 아니고 그게 아니라면 처음이었다.

"독한 차라 저도 잘 못 마시는데. 저는 막 기침하고 그랬어요."

동자승의 말에 장건이 대답했다.

"첨 마셔 보는 차예요."

"그럴 거예요. 귀한 곡차거든요."

곡식으로 만든 차, 술을 말하는 것이었지만 장건이 알 리 없었다.

장건은 아무런 의심도 없이 동자승의 말을 그대로 받아들였다.

"아하, 이게 곡차군요."

몇 번인가 스님들끼리 얘기할 때도 옆에서 들어 본 적이 있어서 장건은 곡차라는 말에 고개를 끄덕거렸다. 평소에 쉽게 마실 수 없는 것이니 당연히 귀하다고 생각했다.

"고마워요. 덕분에 몸이 따뜻해진 것 같아요."

"고맙긴요. 제 일을 도와줘서 제가 더 고맙죠."

"그럼."

장건과 동자승이 마주 합장을 하고, 동자승이 장건에게 당부했다.

"공양주 스님 몰래 저희끼리 담근 차니까 다른 데 가서 말하시면 안 돼요. 알았죠?"

"알았어요."

"꼭요."

동자승은 몇 번이나 당부를 했다.

장건이라고 술이라는 말 자체를 모르는 것은 아니었다.

하지만 장건은 철이 채 들기도 전에 입산했다. 그러니 술이라는 말을 안다고 해서, 그것을 구분할 수 있을 리 만무했다. 한 번도 먹어 보지 못한 것을 먹고 술이라는 걸 알 수는 없는 것이었다.

더구나 자신에게 아무런 위해를 가할 리 없는 순수한 동자승의 작은 배려에 의심할 여지는 전혀 없었다. 만약 오늘 처음 만난 동자승이 아니라 다른 사람이 주는 것이었다면 조금은 의심하고 되물었을 터였다.

이 작은 차이…… 동자승이나 장건이 전혀 염두에 두지 않은 이 작은 차이가 어떤 사건을 몰고 올지는 아무도 모르는 일이었다.

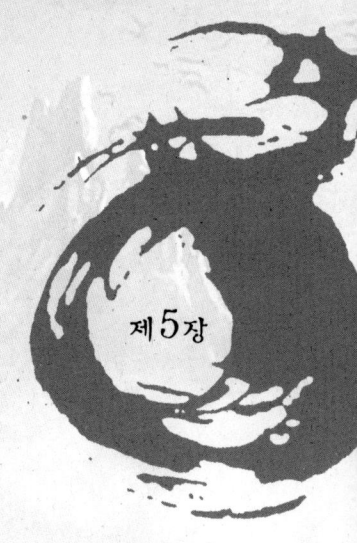

제5장

독초의 추억

　소림을 나와서 오두막으로 가는 동안 장건은 내내 희한한 기분을 느끼고 있었다.
　얼굴이 후끈거리고 뱃속이 뜨끈한 희한한 느낌이 한참이나 계속된다.
　한창 독초를 뜯어 먹을 때와 너무 흡사한 기분이라 그런지 모처럼 편안한 마음이었다. 이유는 알 수 없지만 약간 몸이 달아오르면서 근육이 느슨히 풀어지는 묘한 기분이 든다.
　"하아…… 아쉽다."
　장건은 입맛을 쩝 하고 다셨다.
　장건은 추억(?)이랄 것도 없는 기억이 새록새록 떠올랐다.

먹을 것도 없고 놀 거리도 없던 때에, 독초를 주워 먹는 것은 허기를 면하는 동시에 놀이였다.

굉목과의 빡빡한 생활 속에서 유일하게 흐트러질 수 있는 때이기도 했다. 배가 터지도록 독초를 씹어 먹고 한잠 푹 자고 나면 그렇게 행복할 수가 없었다.

마치 어른들이 옛날 일을 회상하며, '그땐 그게 그렇게 맛있었는데!' 하는 것처럼 독초의 쓰고 신 맛이 장건에게는 최고로 추억되는 맛이었다.

그런데 요즘.

장건은 스스로 생각하기에도 너무 먹는 재미가 없어졌다. 맛있는 걸 보면 먹고 싶은 게 당연한데, 먹으려는 순간 다른 생각을 하게 되는 것이다.

'이걸 안 먹어도 먹고 사는 데에는 아무 지장이 없잖아.'

라거나.

'이젠 밥 반공기만 먹어도 종일 배가 고프지 않은데 굳이 그 이상을 먹는 건 사치가 아닐까?'

하는…… 생각들이 자꾸만 들곤 했다.

최근 내공이 크게 증진되었기 때문일까?

전처럼 배가 고프지 않으니까 그런 생각이 드는지도 몰랐다.

하지만, 이유가 어찌됐든 간에 먹는 재미가 없어졌다는 건 확실히 큰 문제였다.

먹고 싶지 않은 건 아니다. 먹고는 싶은데 이성이 본능을 억누르고 있어서 선뜻 먹지 못하게 되는 것이었다.

"냠."

장건은 자기도 모르게 혀로 입술을 핥았다.

독초에 대한 기억 때문이든 그것이 귀하기 때문이든, 조금 더 먹어 보고 싶은 생각이 든 것은 정말 오랜만이기 때문이었다.

* * *

"거기 소금 좀 가져와!"

"고기 탄다, 고기 타!"

"와하하하!"

굉료는 상의를 다 벗어젖혀 우람한 팔뚝을 드러내고는 신나게 철 냄비를 흔들었다. 기름방울과 함께 돼지고기가 허공으로 치솟는다.

꿈틀거리는 강인한 근육이 이미 진갑(進甲)을 넘어선 그의 나이를 짐작하지 못하게 한다.

치지지직.

지글지글.

철 냄비 안에서 고기 익어 가는 냄새가 오두막을 잔뜩 메우고 있다.

철 냄비를 불 위에서 지지다가, 잠시 두고 옆으로 가 야채를 썬다. 그의 손에서 신들린 듯 칼이 춤을 춘다.

촤라라락!

차차착!

순식간에 썬 야채를 철 냄비에 넣고 가볍게 뒤흔들며 익히고 있다.

그 엄청난 요리 속도에 모두가 혀를 내둘렀다. 속도뿐 아니라 냄새만 맡아도 침이 절로 나올 지경이었다.

오황이 감탄을 연발했다.

"과연! 소림사의 명물이란 말이 명불허전이구먼!"

굉료가 크게 웃으며 화답했다.

"으하핫! 제가 그렇게 유명세를 탔었습니까? 과찬이십니다, 과찬."

"검을 쓰는 애들은 자네에게 좀 배워야 해. 가끔 애들 데려다 가르치지 그러나?"

"저는 요리밖에 못 합니다."

"돼지고기 써는 칼이나 사람 써는 칼이나 똑같지, 뭐."

"전 사람 요리는 안 합니다, 아미타불. 으핫핫!"

"그래? 난 가끔 하는데, 크하하하!"

"그러십니까? 나중에 양념 비법 좀 가르쳐 주십시오, 으하핫!"

"그러세, 크핫핫!"

물론 농담이겠지만, 누가 들으면 소름이 끼칠 만한 얘기를 잘도 웃으며 하고 있는 오황과 굉료였다.

그 와중에 바쁜 건 상달뿐이었다. 굉료의 뒷바라지를 하느라 정신이 하나도 없었다.

"그릇 가져와라!"

"네네!"

굉료가 요리 하나를 끝내고 철 냄비를 훌쩍 들어 그릇에 내용물을 덜었다.

뜨끈뜨끈한 수증기가 무럭무럭 피어올랐다.

"다음 준비하자!"

"네네!"

굉료와 상달이 또다시 요리를 하는 동안, 세 소녀들은 딱히 할 일이 없었다. 그릇을 닦아 상 위에 놓거나 하는 정도는 이미 예전에 끝내 놓았다.

제갈영이 굉료의 휘황찬란한 요리 솜씨를 보면서 감탄의 말을 내뱉었다.

"요리를 하는 건지 무공을 하는 건지 잘 모르겠어. 어마어마하다아."

양소은도 질린 표정으로 고개를 끄덕였다.

"어지간한 검객은 입도 뻥긋 못 하겠는걸. 분광검도 한두 수는 접고 들어가야 할 정도야."

칼놀림이 화려하기도 화려한데 매우 정확하다. 거의 보지

독초의 추억 161

도 않고 빛의 속도로 야채를 써는데, 크기와 길이가 모두 균등하다.

문득 제갈영은 의문이 들었다.

"그런데 스님이 고기를 요리하는 게 좀 이상한 거 같다. 괜찮은 거야?"

백리연도 갸웃했다.

"글쎄……."

수증기가 확 피어오르며 시끄럽게 튀는 물방울 소리, 기름 튀는 소리 중에도 굉료가 그 얘기를 들었다.

굉료는 철 냄비를 좌우로 흔들면서 대답했다.

"어허, 이거 시주들이 잘못 알고 있는 게 많구만."

"네? 제가요?"

"나무아미타불. 부처님은 살생을 말라 했지 육식을 하지 말라고는 안 하셨다네. 시주들은 삼정육(三淨肉)이란 말도 못 들어 봤는가?"

제갈영이 물었다.

"삼정육이 뭐예요?"

"나를 위해 죽이는 것을 직접 보지 않을 불견(不見), 남에게 그러한 사실을 듣지 않아야 할 불이(不耳), 나를 위해 살생하였을 거라 의심되지 않을 불의(不疑)를 말한다네."

제갈영은 은근히 이것저것 아는 것도 많고 머리도 좋았다. 손뼉을 짝 하고 쳤다.

"아하, 그러니까 결국은 내가 먹기 위한 의도로 잡은 짐승의 고기는 안 되는군요?"

"영특한 시주일세! 그러니 수명이 다하여 죽은 짐승이나 이미 죽은 짐승들의 고기를 섭취하는 것은 죄가 아니라네. 이를 아홉 가지로 구분하여 구종정육(九種淨肉)이라 하고 나 같은 수도자들도 섭취할 수 있도록 하셨다네."

좌아악-

굉료가 철 냄비를 크게 떨쳐 내용물이 공중으로 떠오르게 했다.

"결국 중요한 것은 육식 그 자체가 아니라 마음이라는 것이지! 내가 살기 위해, 혹은 나의 즐거움을 위해 다른 생명을 죽이지 말라는 가르침이라네. 썩어 없어질 고기를 누군가 먹어야만 한다면 이왕 먹을 것, 맛있게 조리하는 것이 또한 내게는 공덕을 쌓는 일이 아니겠는가! 아미타불."

굉료는 불호를 외면서 또 껄껄 웃었다.

"걱정 마시게들! 이 냄새를 맡으면 아무리 육식을 경계하는 보살님이더라도 한입 먹지 않고는 배기지 못할 것이야."

양소은은 굉료의 말을 곰곰이 되씹으며 장건이 먹을지 말지 생각해 보고 있었다.

"하긴 그러고 보면 고기가 싫다고는 하지 않았지…… 이미 해 놓은 것도 잘 먹지 않았지만…… 공양주 스님의 요리 솜씨라면……."

백리연이 약간 걱정스런 표정으로 오황에게 물었다.
"어르신. 고기야 그렇다 치더라도 정말 괜찮을까요?"
"응? 뭐?"
"저거…… 요."
마당 한편에 놓여 있는 작은 단지들.
"저게 왜?"
"정말 저것을……."
"양이 너무 적지? 음식 재료도 너무 적게 사 왔어. 망할 놈이 삥땅친 거 아닌가 몰라?"
오황이 바삐 오가는 상달을 째려보았다. 상달이 왈칵 성질을 냈다.

"삥땅? 요즘 물가가 얼마나 비싼지 아세요? 무슨 국수 한 그릇이 아직도 동전 다섯 문 하는 줄 아세요? 그리고 저게 제일 비쌌어요, 저게."

상달이 눈짓으로 작은 단지를 가리켰다.

"그냥 이과두(二鍋頭)면 되지, 뭔 놈의 고정공(古井貢)에 오량액(五糧液)이냐구요. 뭐, 황상(皇上)이라도 접대할 일 있어요?"

그렇다! 마당 한편에 놓인 어른 머리통보다 큰 단지들은 술이었던 것이다!

고량(高粱:수수)과 함께 다섯 가지 곡류를 섞어 만들어 잡량주(雜糧酒)라고도 불리는 사천성의 명주 오량액!

안휘성의 천년 묵은 우물물로 빚어지는 고정공주!

둘 다 황제에게 진상되는 최고 명주 중의 명주였다.

오량액은 맛이 순하고 달콤하며, 고정공주는 풍부한 난향과 깨끗한 맛으로 처음 먹는 사람에게도 부담이 없는 술들이다.

"아니, 이놈이? 그래서 네가 지금 눈을 부라린다 이거냐?"

"그게 아니고요. 아, 진짜 저는 저거 들고 메고 지고 이고, 그리고 오느라 힘들어 죽는 줄 알았는데 그건 몰라주고 뻥 땅이나 쳤다니까 억울해서 그런 거 아닙니까."

"흠. 내 물가가 그렇게나 오른 줄은 몰랐으니 그건 사과하마."

"됐습다. 저도 저런 고급술은 사 본 적이 없어서요. 저는 싸구려 입맛이라 저런 고급술은 냄새만 맡아도 탈이 나거든요."

"그랬구나. 그럼 넌 먹지 마라. 내가 미안하니까."

"에헤헤, 그래도 맛은 보여 주시겠죠."

"간사한 놈."

"에헤헤헤."

오황이 그런 상달의 뒷모습을 보며 되레 눈을 부라리다가 백리연을 보았다.

"양이 적으면 저놈에게 더 사오라고 시키면 되겠다만, 그걸 걱정하는 게 아닌 것 같구나?"

백리연이 조심스럽게 고개를 끄덕였다.

장건이 벌써 열일곱이니, 소림에 들어오지 않았다면 한참 전에 혼인을 해 애도 두엇 두었을 나이다. 술을 먹는다고 누가 뭐라 하진 않겠지만 억지로 먹여서 뭔가를 꾸민다는 건 확실히 좋은 일이 아니다.

오황도 그 정도는 알고 있다.

오황은 흠 하고 턱수염을 매만지며 물었다.

"왠지 계략을 꾸미는 어둠의 무리인 것 같아서 찜찜하다거나, 술을 먹여서 어떻게 해 보겠다는 게 비겁해서 마음에 들지 않는 거냐?"

백리연의 눈이 번쩍였다. 힘을 주어 한 자 한 자 또박또박 대답했다.

"그·럴·리·가·요."

"……응?"

서릿발 같은 기세를 쭉쭉 뿜어내는 백리연이다.

"비겁하면 어떻고 비열하면 또 어떻겠어요."

"그, 그러냐? 나, 나는 너희들이 별로 내켜하지 않을 줄 알았는데?"

"그·럴·리·가·요."

너무나 단호한 어조에 오히려 오황이 당황했다. 그 옆에 있던 제갈영이 백리연과 똑같은 얼굴로 외쳤다.

"할 수 있는 방법이라면 뭐든 해야죠! 영이의 손톱을 위해서라도!"

오황은 둘의 기세에 저도 모르게 흠칫했다. 그러나 곧 뭔가 이상하다는 걸 깨달았다.

"네 손톱과 비열한 책략이 무슨 관계냐!"

양소은만이 무심한 듯 담담하게 말했다.

"저 둘은 모르겠지만 난 마음에 들지 않네요. 대체 술을 먹여서 뭘 어떻게 하겠다는 거죠? 이런 저급한 술책은 필요 없어요."

오황이 양소은을 쳐다보았다.

"그래, 그나마 너는 좀 정상이구……."

덜덜덜덜.

팔짱을 끼고 꽉 붙든 양소은의 손이 떨리고 있었다.

"근데 왜 손을 떠는 거냐!"

양소은이 떨리는 손을 감추었다. 그리고는 왠지 붉어진 얼굴로 다른 쪽을 쳐다보며 혼잣말로 아주 조그맣게 중얼거렸다.

"흥, 그깟 술 따위, 몇 동이라도 마셔 주겠어."

모기 날갯짓처럼 작은 소리였지만 귀 밝은 오황이 듣지 못했을 리가 없다.

"……왠지 방금 한 말과 전혀 반대의 뜻으로 들리는데?"

잠시간의 침묵이 흘렀다.

백리연이 먼저 입을 열었다.

"제가 걱정하는 것은, 아무리 독한 술이라 하더라도 장 소

독초의 추억 167

협의 내공이 심후하니 큰 효과가 없지 않을까 저어되는 것입니다."

오황이 대답했다.

"내공이 깊다고 술에 취하지 않는 건 아니다. 뭐, 그럼 약 같은 걸 먹어도 소용이 없? 내공이 심후하면 아무리 취해 있어도 원하는 때에 술을 깰 수 있게 된다. 물론 그때를 대비한 방법도 생각해 두었느니라, 흐흐흐."

제갈영이 끼어들었다.

"근데 영이는 궁금한 게요, 술을 먹인 다음에는 뭐 할 거예요? 술을 먹이면 오라버니가 어떻게 되는데요?"

오황이 씨익 하고 음침하게 웃으면서 대답했다.

"혼돈(混沌)을 경험하게 해 줄 생각이다."

"아!"

오황이 이미 설명한 바 있었기에 제갈영도 금세 오황의 의도를 알아챌 수 있었다.

혼돈과 질서는 음양의 조화인 태극과도 같아서, 한쪽으로 심하게 편중된 성향의 장건에게 새로운 길을 열어 줄 수 있는 가능성이 있는 것이다.

오황이 생각한 건 바로 그것이었다. 단순히 장난삼아 술을 먹이려는 게 아니었다.

양소은도 감탄했다.

"대단하군요!"

"그리고 녀석이 술에 취하면 어떤 꼴을 할지 지켜보는 것도 재밋거리 중에 하나겠지, 으흐흐."

제갈영이 곰곰이 생각하다가 입술을 내밀고 물었다.

"근데요. 만약에 오라버니가 완전 취해 버리면…… 혹시 그 뒷일을…… 오황 할아버지가 계시긴 하지만…… 음음, 그러니까……."

지금도 막강한 장건인데 인사불성이 되어서 마구 난동을 피운다면 감당하기가 쉽진 않을 터였다.

그런 질문을 예상했다는 듯 오황은 은근슬쩍 소매를 흔들었다. 그만의 비법이 거기에 담겨 있었다.

"준비해 둔 게 있다고 하지 않았느냐. 솔직히 말이다, 나도 그 방법이 아니라면 이런 일을 꾀하지 않았을 게야. 그놈이 취해서 무슨 일을 벌일지 감이 안 오거든. 무슨 일이 생길지 모르니 어떻게 뒷감당을 해야 될지 생각만 해도 끔찍하더구나."

오황조차 장건이 예상 못 한 사고를 치는 것이 진절머리 나는 모양이었다.

"으음, 그렇군요. 준비해 두신 게 있다 하면……."

제갈영이 어른 흉내를 내며 고개를 끄덕끄덕했다. 그러다가 또 생각이 났는지 물었다.

"아! 맞다, 그거보다 진짜진짜 중요한 문제가 있어요."

"응? 뭐냐?"

"오라버니가 술 먹기 싫다고 하면 어쩌죠?"

제갈영의 그 한마디가…… 주변의 분위기를 싸하게 만들었다.

"……!"

"……."

치이이이이.

신나게 철 냄비를 흔들며 야채를 볶던 굉료조차 손놀림을 멈추고 있었다.

"으핫핫…… 설마하니 술을 싫어하겠나. 남자라면 다 좋아하는 것이고, 또 그 나이 즈음이라면 호기심 때문에라도 한번 맛이나 보자 할 수도 있는 게지."

애써 웃어 보려는 굉료였지만 웃음소리가 억지스러웠다. 장건이 그 나이 대의 보통 아들과는 다르다는 걸 그 역시 잘 알고 있기 때문이었다.

상달은 황당한 얼굴로 외쳤다.

"자, 잠깐! 아무도 그 생각은 안 하고 있던 겁니까요? 사부님?"

오황이 웃음기 하나 없는 진지한 얼굴로 대답했다.

"으음…… 나는 아름다운 미녀들이 술을 따라 주면 당연히 마실 거라고 생각했지……."

평범한 남자라면 당연히 그럴 수도 있었다.

하지만…….

"그건 사부님 생각이고요! 여기 계신 소저들이 무슨 기녀도 아니고!"

백리연과 제갈영이 그 말에 눈에 힘을 주었다. 상달을 바라보는 눈에서 불똥이 튀고 있다.

"아, 죄…… 죄송합……."

상달이 급히 고개를 숙였다.

그러나 백리연과 제갈영이 외쳤다.

"군자는 대의를 위해 작은 수모를 참아 낸다 했어요."

"평생 풀떼기 먹고 매일같이 일하느라 얼굴 까맣게 타고 그럴 순 없지! 어차피 내 낭군 될 사람인데 술 따라 주는 게 뭐가 어려워!"

양소은이 한쪽 입술 끝을 올려 웃으며 주먹을 탁 쳤다.

"그래? 그럼 누가 장 랑(郎)에게 술을 먹일 수 있느냐가 승부의 관건이 되는 거네?"

제갈영이 양소은을 보고 빽 소리를 질렀다.

"누구 마음대로 랑이야!"

"너야말로 누구 마음대로 낭군이야?"

백리연이 중재하듯 나섰다.

"그만두어요. 어차피 두 사람하고는 별 관계 없는 일이잖아요? 안 그래요?"

백리연이 싱긋 웃었다. 웃는 백리연을 제갈영과 양소은이 악귀 보듯 쳐다보았다.

독초의 추억 171

"뭐라고?"

"뭐야?"

상달은 질린 얼굴을 했다.

"아, 무섭네……."

오황도 가만있다가 팔을 걷어붙이는 시늉을 했다.

"그래, 그런 패기 정도는 있어야지. 정 안된다면, 내가 힘으로라도 먹여 주마."

"아이고…… 장 소협이 힘으로 잘도 당하겠습니다……."

질렸다는 표정을 하던 상달이 갑자기 눈을 휘둥그레 뜨고는 외쳤다.

"왔다!"

모두의 눈이 오두막으로 오는 산길을 향했다. 장건인 것이 분명한 점 하나가 멀리에서 쾌속하게 다가오고 있었다.

꿀꺽.

누구랄 것도 없이 마른침을 삼켰다.

* * *

장건은 그야말로 순식간에 오두막에 당도했다.

"어?"

오두막이 평소와 다르다는 건 쉽사리 알 수 있었다.

요리를 하느라 오두막을 잔뜩 감싼 연기와 음식 냄새, 마당 가운데에 마련된 상차림.

그것들을 본 장건의 얼굴이 딱딱하게 굳어 가는 것을 모두 느낄 수 있었다. 그것은 장건이 일부러 그랬다기보다는 스스로도 제어할 수 없는, 후천적으로 길러진 '후천적 본능(?)' 때문이었다.

굉목의 깐깐한 교육 덕에 화려하고 사치스러운 것을 꺼리게 되어 버린 장건이다. 옷은 입을 수 있는 것이면 되고, 음식은 허기만 면하면 족하단 말을 수도 없이 들어왔다.

그래서 맛있는 냄새와 음식을 보아도 화려한 외양에 우선적으로 거부감을 느끼고 있는 것이었다.

오두막으로 내려오는 동안 음식에 대한 성찰을 했음에도 불구하고 그것을 '후천적 본능'이 앞서 버렸다······.

장건의 굳은 얼굴을 본 이들은 마음이 급해졌다. 장건이 음식 때문에 화가 난 것으로 생각했다.

이번 계획은 장건이 얼마만큼 따라 주느냐에 따라 성패가 갈릴 수 있는 노릇이었다. 초장부터 기분이 나쁘면 일이 성사될 수 없는 것이다.

오황이 상달에게 눈치를 주었다. 상달이 장건을 불렀다.

"저기, 소협······."

장건이 상달과 오두막에 모인 이들을 빤히 보며 물었다.

"오늘 무슨 날이었어요?"

아차!

독초의 추억 173

준비도 좋고 다 좋은데 그걸 생각하지 못했다.

누구라도 갑자기 이런 상황에 처한다면 의심부터 하는 게 당연한 일이다!

모두가 오황을 쳐다보았다.

"음…… 그러니까…… 그게."

오황이 말을 얼버무리다가 머쓱하게 외쳤다.

"오늘이 네…… 네……."

"저요?"

"그래! 오늘이 네 생일이다!"

"네?"

장건이 놀라서 오황을 쳐다보았다.

오황을 빤히 바라보는 장건의 눈에는 그 무슨 터무니없는 말이냐는 의혹이 담겨 있다.

백리연을 비롯한 제갈영과 양소은, 상달, 그리고 굉료마저도 덜떨어진 듯한 오황의 발언에 당혹스러웠다.

'저게 뭐야!'

'망했다!'

'네 생일이지? 도 아니고 생일이다! 는 뭐야!'

'망할 노인네! 미친 거 아냐?'

'아미타불, 다 된 밥에 제대로 죽을 쑤는구먼.'

장건이 오황을 가만히 보다가 말했다.

"오늘 제 생일 아닌데요?"

당연히 아니다. 모르는 사람이 없다. 물론 오황도.
오황이 머쓱하게 대꾸했다.
"……어? 그러냐?"
지켜보던 다섯 사람이 다시 분노했다.
'장난하냐!'
'수습은 똑바로 해야지!'
'그따위로 두루뭉술 넘어가려는 겁니까!'
상황이 최악으로 치달았다.

마치 주워 담기 어려운 물을 엎지른 것처럼 다들 망연자실했다.

오황은 '에라이, 썅! 그러게 왜 날 쳐다봐!'라고 중얼거리면서 오히려 원망하는 눈초리로 다른 이들을 보고 있었다.

이제 이 사태를 어떻게 해결해야 할 것인가!

"……."

누구도 섣불리 말을 꺼낼 수 없는 초유의 상황.

장건조차 어리둥절해하다가 조금씩 낌새를 눈치채고 의심의 눈빛을 하려 하는 상황.

'뭐라고 말을 해야겠는데…… 아아!'

백리연조차 머리가 하얘져서 아무것도 떠오르지 않았다. 이 상황을 모면해야 할 어떤 좋은 말도 생각나지 않았다.

그 순간 머리를 싸매고 있던 양소은이 '이것이 아니면 끝이다!'라는 듯 엄청난 의지가 깃든 얼굴로 말을 내뱉었다.

독초의 추억 175

"그, 그럼 어쩌지? 이거 다 버려야겠네?"
흠칫!
순간 분위기가 변화했다.
다들 그 분위기를 눈치챘다.
지금 그 누구보다도 장건이 제일 놀랐다는 걸, 모두가 알 수 있었다. 아니, 그냥 놀란 정도가 아니라 큰 충격을 받은 듯 보였다.
'오?'
다른 그 어떤 이유보다도 '버릴 거야.'라는 말을 가장 우선적으로 받아들인 장건이었다. 뭐 하러 이런 음식들을 준비했느냐, 하는 의문은 저만치로 날아가 있었다.

버려야겠네…… 버려야겠네…….

장건의 머릿속에 저 말만이 빙글거리고 돌아다닌다.
"이, 이 아까운 음식들을 버리다니……."
다시 한 번 양소은에게 나머지 다섯 사람의 기대 어린 시선이 꽂혔다.
장건이 떨리는 목소리로 말했다.
"왜, 왜 버려요. 먹으면 되……."
한결 여유로워진 양소은이 선기를 잡고 말했다.
"널 위해 준비한 음식인데 네가 못 먹겠다면 버려야지."

장건은 안 먹겠다고 한 적이 없었다. 그러나 그냥 냅뒀으면 거의 안 먹었을 터였다.

"아니, 그게 아니고…… 다른 분들이 드시고 남은 걸 다른 사람에게 주면……."

"먹다 남은 거, 다 식은 음식을 누굴 줘. 거지도 아니고. 그런 건 예의가 아니잖아."

말을 해 놓고 양소은은 아차 싶었다.

장건이 '그럼 거지 줘요.'라고 할 수도 있었다. 하지만 다행히도 그런 일은 없었다.

장건은 버린다는 생각에만 사로잡혀서 오황의 실수라거나 양소은의 실수를 전혀 깨닫지 못하고 있었다.

'도대체 이 아까운 음식들을 왜 버린다는 거지? 하지만 내가 다 먹을 수도 없잖아.'

장건이 고민하고 있다는 걸 모두가 알아챘다.

곧 양소은이 어깨를 으쓱이며 말했다.

"버리기 싫으면 먹어야지. 아니면, 일단 식기 전에 먹으면서 생각해 보든가."

장건이 생각해 봐도 그게 좋을 듯 했다.

"그래요. 그게 낫겠어요. 그렇게 할게요."

상황이 그것으로 종료되었다. 백리연들은 하마터면 '오오!' 하고 탄성을 지를 뻔했다. 오황의 실수로 위험했던 상황을 절묘하게 양소은이 해결해 낸 것이다.

'휴.'

몰래 한숨을 쉰 제갈영은 장건의 얼굴을 몰래 훔쳐보았다. 장건은 무거운 짐이라도 던 듯 홀가분해 보였다.

'헤에?'

뭐랄까? 지금 장건의 행동은 굉료가 말한 삼정육과 비슷했다. 자신을 위해서 잡은 고기는 먹지 않지만, 이미 죽은 고기는 상황에 따라 먹을 수 있다는 계율이다.

그것은 자기 때문에 다른 생명을 희생시키지 말라는 의미이면서 동시에 어쩔 수 없이 먹게 될 경우에 죄책감을 덜어 주는 것이기도 했다.

장건의 경우에는 죄책감이 아니라 압박감이라고 해야 하겠지만, 어쨌거나 장건은 평소에도 승려들이 살생을 하여 느끼는 죄책감만큼의 압박을 느끼고 있다는 뜻인 것이다.

제갈영은 어쩐지 장건이 불쌍했다.

'산에서 얼마나 힘들게 살았으면······.'

하지만 혼인을 해서 평생 뙤약볕에서 일을 하고 그렇게 살 미래의 자신은 더욱 불쌍했다. 그러니 그런 일은 절대 일어나도록 만들어서는 안 될 터였다.

장건을 위해서든, 자기 자신을 위해서든!

*   *   *

굉료가 실력을 발휘하여 다섯 접시의 요리를 만들어 냈다.

돼지고기를 한 번 삶았다가 다진 마늘과 함께 다시 볶아 내어 만든 담백한 산니백육(蒜泥白肉).

기름에 튀긴 잉어를 간장 등으로 양념을 하여 졸여 만든 달콤 짭짜름한 홍소리어(紅燒鯉魚).

닭을 여덟 토막으로 잘라 튀긴 고소한 광서식 작팔괴(炸八塊).

고추와 닭을 함께 볶은 매콤한 맛의 날초계정(辣椒鷄丁).

버섯과 새우 등의 해산물을 쌀과 함께 볶아 죽처럼 끓여 낸 영양 만점의 걸쭉한 팔진회반(八珍燴飯).

색은 물론이고 맛에 이르기까지 각양각색의 멋진 요리들이었다. 냄새만으로도 침이 꼴딱꼴딱 넘어간다.

약간의 긴장된 분위기 속에서 모두가 장건의 눈치를 보았다. 장건은 상이 다 차려지기 전에 번개처럼 움직여 쓰레기를 치우고 뒷정리를 했다.

그러고 난 후에는 더 표정이 좋아 보인다. 그나마 다행이었다.

"자아, 실수로 차린 상이지만 어쨌든 이렇게 되었으니 그냥 맛있게 먹읍시다."

오황이 넌지시 운을 떼며 젓가락을 들었다. 굉료도 반장을 한 후 젓가락을 들었다.

"나무아미타불."

왠지 어울리지 않는 불호였지만 아무도 신경 쓰는 사람은 없었다.

"잘 먹겠습니다!"

계기야 어찌됐든 맛있는 요리가 앞에 있으니 먹는 게 도리다. 다들 젓가락을 들고 작은 접시에 요리를 담아 먹기 시작했다.

장건은 환한 표정과 달리 실로 오랜만에 화려한 요리를 보는지라 조금은 머뭇거리는 중이다.

집에서야 자주 먹었었지만 이제는 그때 먹은 게 무슨 요리들이었는지 기억도 잘 나지 않을 정도로 오래되었다. 간만에 이런 요리를 먹으려니 어색하기만 하다.

백리연이 팔진회반을 그릇에 떠서 장건의 앞에 놓아 주었다.

"자, 들어요."

"아, 고마워요."

제갈영이 샐쭉하게 입술을 내밀었다. 제갈영은 자기 젓가락으로 잉어의 살점을 떼어 내밀었다.

"아— 해."

"아, 아냐. 내가 먹을게."

"얼르은!"

장건이 쭈뼛거리며 받아먹었다.

우물우물.

짭짤하고 달콤한 맛이 잘 어우러져 퍼진다.

제갈영이 조금 부끄러웠는지 '히.' 하고 뺨을 감싸며 물었다.

"어때?"

장건은 근 십 년 동안 물고기는커녕 양념이 제대로 된 음식을 먹어 본 적도 없었다. 때문에 첫맛이 굉장히 어색하게만 느껴졌다.

흑백의 명암으로만 그려진 수묵화에 갑자기 색을 입힌 것처럼 장건에겐 새로운 맛에 적응하는 데 시간이 필요한 셈이었다.

장건은 잠깐 눈을 감고 맛을 음미하면서 아주 오래전에 혀가 기억하고 있던 맛을 겨우 떠올려 냈다.

"맛있어……."

"정말?"

장건의 입가에 미소가 피어났다.

"응."

"와아!"

제갈영의 눈이 반짝하고 빛났다.

'이때닷!'

양소은이 눈치 빠르게 준비한 술 단지를 들고 왔다.

단지의 입구를 봉해 둔 헝겊을 제거하자, 곧 향기로운 냄새가 진동을 했다.

"이야, 향기 좋다. 이 좋은 것도 안 먹으면 버려야 되는데……."

양소은이 너스레를 떨면서 스리슬쩍, 모르는 척 따라 주고 먹이려는데!

장건이 놀라서 소리쳤다.

"곡차!"

"……헛!"

다들 들킨 건가 싶어 긴장했다.

장건이 술, 곡차를 알고 있었다!

"곡차를 버린다니요!"

장건이 곡차를 알고 있는 게 잘된 일인지 아닌지는 잠시 고려해 볼 문제였다. 장건이 술을 곡차라고 부른 것만으로도 희한한 일이었다.

제갈영도 생각했다.

'오라버니가 저런 융통성이 있었던가?'

장건이 술을 곡차라고 부를 융통성이 있을 리 만무한 일이다. 술이라는 걸 안다면 그냥 술이라고 불러야 장건답다.

아니나 다를까, 장건은 매우 순수하고 즐거운 표정으로 말하고 있었다.

"이런 귀하다는 곡차를…… 와…… 제 생일이라고 이 귀한 걸 다 가져오셨네요. 이런 건 버릴 수 없죠."

"으, 응?"

굉료가 재빨리 맞장구를 쳤다.

"허어, 그래, 곡차를 잘 아는구나?"

"예. 그냥 한 번 봤어요."

아무리 봐도 곡차가 '술'을 의미한다는 걸 아는 말투가 아니었다. 아무리 장건이래도 곡차가 술이라는 걸 안다면 운이 좋다고 뻔뻔스럽게 말하진 않았을 것이다.

장건은 정말 말 그대로 곡차를 '곡식으로 만든 차'라고 생각함이 분명했다.

양소은은 조그만 잔에 따르려다가 무슨 생각이 들어서인지 큰 사발에 따라 주었다.

장건은 좋아했다.

'이 귀한 곡차를 또 마실 수 있게 될 줄이야.'

가뜩이나 아쉽다는 생각이 들던 차였다. 한 모금을 살짝 입에 대었다가 홀짝 마셨다.

"크……."

코가 뻥 뚫리는 느낌에 자기도 모르게 입에서 거친 신음소리가 튀어나왔다.

이어 식도와 배가 화끈하게 달아올랐다.

입에 남은 잔향(殘香)이 유독 진해서 동자승이 주었던 곡차와는 차이가 있었다. 뒷맛이 약간 달짝지근하면서도 상쾌한 바람이 입에서 맴도는 듯하다.

두근두근.

모두의 눈이 장건을 주시하고 있었다.
'이상한데?'
'너무 잘 마시는데?'
생각보다 거리낌 없이 마시긴 했는데, 그 뒤의 행동이 궁금한 것이다.
잘 마신 것과는 달리 장건의 표정은 크게 변함이 없었다. 아니, 약간 아쉬워하는 듯했다.
'독한 술을 마셨으니 얼굴을 찡그리는 게 정상이지, 왠지 아쉬워하는 건 정상이 아닌데……?'
이상하다 생각하며 양소은이 한 사발을 더 따라 주었다.
장건은 그것도 마셨다.
홀짝홀짝.
아껴 마시는 듯하면서도 어쨌든 금세 비워 버리는 장건이다.
'술을 마시는 게 아니라 정말 차를 마시듯 마셔 버리네?'
일반에서는 차를 물 대신 마시는 경우도 허다하다. 장건이 마시는 투가 딱 그 모습이다.
장건이 사발을 조용히 내려놓았다.
참으로 희한하게도 사발에는 한 방울도 남아 있지 않다. 바닥에 살짝 고여 있거나 한 것도 없다. 손가락으로 비벼 보면 빠득 소리가 날 것 같다.
'그새 한 방울도 안남기고 마실 수 있는 방법도 터득했

나?'

양소은은 그것마저도 희한했다. 분명 장건만의 방법이 있는 듯했다.

"후하아아."

어쨌거나 장건의 얼굴은 순식간에 붉게 달아올라 있었다. 그냥 마시기 독해서 물을 타서 마시기도 하는 독주를 두 사발이나 마셔 버렸으니 그럴 만도 하다.

"잘 마셨어요."

"그만 마시게?"

장건이 되레 묻는다.

"차를 한 잔도 아니고 두 사발이나 마셨는데, 더 마셔요? 맛있기는 하지만······."

장건이 조금 말끝을 흐리며 망설였다. 그것만으로도 양소은은 장건이 흔들리고 있다는 걸 알 수 있었다. 실로 보기 어려운 모습이었다.

"쩝."

말은 그렇게 했지만 장건은 입맛을 다시면서 조금 아쉬워했다.

지금 마신 곡차는 향이 깊고 풍부한 데다 아무 텁텁함 없이 뒷맛마저 깔끔하긴 한데······.

이건 장건이 원하는 맛이 아니었다.

단것을 좋아하는 사람이 있는 반면에 매운 것을 좋아하는 사람이 있듯, 곡차에서 독초의 쓰고 신 맛을 기대했던 장건에게 오히려 이런 티 없이 상쾌한 맛은 실망스러운 것이었다.

"딸꾹!"

얼굴이 새빨개진 장건이 갑자기 딸꾹질을 했다.

"어? 내가 왜, 딸꾹! 왜 이러지?"

꼿꼿하던 장건이 앉은 채로 살짝 휘청거렸다. 고개를 흔들어서 정신을 차리려 했는데 그게 더 어지러운지 어깨가 흔들렸다.

'오!'

조금은 의외의 일이었다.

'벌써 취했어?'

아무리 독주라고 해도 취하는 시간이 필요한데, 마신지 얼마나 됐다고 장건은 벌써 한참은 술을 마신 사람 같았다.

"이…… 땅하네. 머리두 어디럽그……."

벌써 혀까지 꼬였다.

'엥?'

모두가 의아하게 생각했다.

'술이 약한가?'

'아무리 그래도 이거 너무 심한데?'

태생적으로 술이 약한 사람은 있을 수 있다. 하지만 마시자마자 바로 취하는 건 뭔가 이상한 일이다.

처음 마실 때부터 채 반각도 지나지 않아서 혀까지 꼬이다니…… 오황에게도 이것은 신기한 광경이었다.

무슨 생각을 했는지 오황은 장건의 안색을 살피고 있다가 극히 약한 지풍을 날렸다.

핏!

감이 매우 뛰어난 사람이라면 '뭐지? 모기가 앉았나?' 하고 느낄 정도의 약한 지풍이었다. 그래도 장건이라면 충분히 느끼고도 남을 정도다. 아니, 쏘는 순간 벌써 피했어야 했다.

하지만 장건은 전혀 눈치채지 못했다. 오황이 쏜 지풍의 가닥은 장건의 어깨를 가볍게 건드리고는 사라졌다.

'정말 취한 모양인데…… 응?'

오황은 뭔가 이상하다는 걸 깨달았다.

그가 쏘아 낸 지풍은 정말로 사·라·졌·다.

튕기거나 부딪친 느낌이 전혀 없이 그냥 소멸되어 버렸다. 망망대해에 물 한 바가지를 퍼부은 듯한 느낌이었다.

그것은 마치…… 장건을 기절시킨 후 점혈을 하다가 내공이 빨려나갔을 때의 느낌과 비슷했다.

'뭐지? 너무 약하게 했나?'

자꾸만 흡정대법 같은 것이 생각나 찝찝하다.

'확인해 보자.'

오황이 다시 검지 끝에 기를 집중해 튕겼다. 땅콩 한 알을 한 치 정도 굴릴 정도의 가벼운 지풍이었지만, 방금보다는 조금 더 센 지풍이다.

정말로 그때처럼 지력이 흡수된다면 — 기가 막힐 노릇이겠지만 — 확실히 간파할 수 있을 터였다.

그런데 그 때!

휙.

장건이 앉은 상태로 몸을 아주 미세하게 뒤로 뺐다. 바로 두어 걸음 앞에서 쏘아 낸 오황의 지풍은 장건의 턱 아래로 스쳐 지나가고 말았다.

오황이 장건을 보니, 장건은 빤히 오황을 쳐다보고 있었다.

"뭐 하세요?"

"……응?"

오황은 자신의 눈을 의심했다.

두어 번 눈을 비비고 다시 쳐다보아도 자기가 눈으로 보고 있는 사실이 현실이었다.

장건의 얼굴색이 멀쩡하게 돌아와 있었다!

발음까지도!

심지어 딸꾹질도 멈추었고 휘청거리던 자세도 꼿꼿한 그대로였던 것이다.

오황은 어이가 없어서 얼굴을 일그러뜨렸다.

내공으로 술을 깨는 방법은 있다. 그러나 그것은 술을 완전히 해독한다기보다는 내공을 이용해 술기운을 몰아내는 것이었다.

전신의 모공으로 주정(酒精)을 배출하거나 새끼손가락 끝으로 배출하는 게 일반적이다. 그러면 당연히 술기운이 허공에 배출되므로 술 냄새가 확 풍기게 마련이다.

하지만 지금 그런 일은 전혀 없었다. 장건은 아무것도, 아무 짓도 하지 않았다.

'이런 망할!'

무엇보다도 장건이 술기운을 일부러 배출할 리가 없었다. 장건이라면 설사 술 깨는 방법을 안다 치더라도 아까워서 절대 그렇게 하지 않을 터였다.

살기도 아니고 크게 위협도 되지 않는 지풍 때문에 괜시리 술을 깰 리 만무한 것이다!

'그럼······.'

오황은 정말로 놀라운 사실을 깨닫고 말았다.

'진짜로 술에 취했다가 그사이에 또 깬 거였냐!'

뭐······.

이런 어이없는 경우가 다 있나?

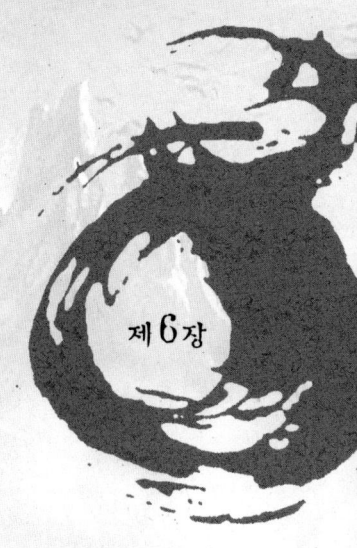

제6장

일어서는 법을 잊었어요

"왜 지풍을 쏘셨어요?"
장건의 다그침에 오황은 정신을 차렸다.
상달도 혀를 내둘렀다.
'나도 전혀 몰랐는데 그걸 알고 피했다는 거야?'
오황이 약간 말을 더듬거렸다.
"으응? 아, 그러니까 그게 말이다."
"제가 너무 먹어서 그만 먹으라고 하신 거죠?"
"아니, 그냥······."
오황이 딴청을 피우다가 말을 돌렸다.
"다른 종류가 더 있는데 그것도 먹어 볼 거냐고 물어볼라

일어서는 법을 잊었어요 193

그랬지."

듣는 상달이 다 어처구니가 없었다.

'누가 그딴 걸 물어보려고 지풍을 쏴!'

장건은 바로 이해했다.

"아아, 그러셨군요."

상달은 자기가 뭔가 잘못된 듯 착각을 느꼈다.

'그걸 이해하지 마!'

장건은 지풍과 비슷한 기의 가닥을 뽑아내어 손처럼 움직이는 게 더 편하다. 장건의 입장에서라면 말로 부르는 거나 내공을 써서 어깨를 툭툭 치는 거나 같았다.

장건이 대답을 하고는 눈을 살짝 찌푸렸다.

"어유, 머리가 갑자기 띵하더니 아파 가지고 깜짝 놀랐네요. 잠깐 속도 울렁거리고."

딱 숙취 증상이었다.

"……."

장건은 그걸 딱히 대단하다고 생각하지는 않았다. 독초를 먹었을 때는 더 심한 증세가 많았다. 지금처럼 혀가 마비되는 건 물론이고 얼굴 근육이 경련을 일으킨 적도 있었다.

독초 먹을 때나 비슷하다고 생각하고 있으니 오히려 이런 증상이 반갑기까지 하다.

그걸 모르는 사람들은 장건이 희한하게 술을 잘 먹는다고 생각할 수밖에 없었다. 머리가 아프고 구토 증세를 느끼면서도 그걸 아무렇지 않게 여기는 게 의아하다.

사람들의 의문을 뒤로한 채 장건은 오황이 했던 말에 대해 물었다.

"근데 다른 것도 먹어 볼 거냐고 하셨잖아요. 곡차도 종류가 있나요?"

대답은 굉료가 했다.

"방금 건 쌀, 옥수수, 찹쌀 등을 섞어 만든 곡차란다. 무엇으로 만드느냐에 따라 맛도 향도 천차만별이고, 이름도 다 다르지."

오황이 은근히 제안했다.

"그래, 말이 나온 김에 다른 것도 맛만 보자. 어차피 안 마시면 다 버~려~야 할 거니까."

맛만 보자는 말과 버려야 한다는 말이 교묘하게 죄의식을 덜어 주는 느낌이다.

"그, 그럴까요?"

　　　　＊　　　＊　　　＊

장건의 체질은 아끼는 데에 최적화되어 있다. 몸의 잔근육 하나조차 최소한으로 필요한 것만 움직여 힘을 낭비하지 않는다.

그러나 그러한 움직임의 근간에는 '살아남는 것'이라는 대명제가 있다.

살아남기 위해서는 뭐든 먹어야 하고, 뭐든 소화시킬 수 있어야 한다. 그래서 장건은 독초도 소화시켰고 독선의 독정마저도 흡수했다.

몸이 아파 먹은 탕약조차 약효를 보기 전에 소화시켰을 정도로 강한 흡수력을 가졌다.

술도 마찬가지였다.

워낙 흡수가 빨라서 술기운이 한꺼번에 돌았다가 해소된 것이었다. 주독(酒毒)마저 해소가 아니라 독정으로, 내공의 일부로 흡수해 버렸다.

예전과 달리 훨씬 무공이 깊어졌기 때문에 그 과정이 지극히 빨라져 있는 상태인 것이다.

이러한 장건의 체질까지는 미처 알지 못한 오황이었다. 그러나 이 같은 일이 발생할 것에 대해서는 충분히 대비하고 있었다. 이번 일을 준비할 수 있었던 가장 중요한 비장의 무기가 남아 있었다.

문제는 장건이 워낙 빈틈이 없다는 점이었는데 그것도 가뿐히 해결되었다.

장건이 고정공주를 한 모금 마시고 아주 잠깐, 정확히는 눈 다섯 번쯤 깜박일 시간 만에 두 번째로 취해 버렸을 때.

오황이 실력을 발휘했다.

"맛은 괜찮으냐?"

인자하게 물으면서 자연스럽게 거추장스러운 듯 소매를 살짝 젖힌다. 그 소매의 끝이 닿을락 말락 장건의 잔 위를 스쳐 지나간다.

 사라락.

 미량의 잿빛 가루가 잔 속으로 날아 들어갔다.

 취해있던 장건은 조금도 알지 못했다.

 그러나 효과는 확실했다.

 오황이 속으로 숫자를 셈하며 장건을 지켜보았다.

 '하나, 둘…… 일곱.'

 무려 이십을 셀 때까지 새빨개진 얼굴이 좀처럼 돌아오지 않았다.

 씨익.

 성공했다.

* * *

 뭐라고 해야 할까?

 몸에 열이 오르는 게 조금씩 느껴지지 않으면서 반대로 마음은 느긋해져 간다.

 눈을 감고 있으면 잔잔히 파도치는 물 위에 둥둥실 누워 있는 기분이고, 눈을 뜨고 있으면 보이는 모든 것들이 느릿느릿 흘러가는 것만 같다.

마음이 편해져서 그런지 몸도 노곤하니 풀어진다.

'목표를 이루기 위해 달려가는 의지도 좋지만 이렇게 잠깐 늘어지는 것도 참 좋은 일이구나…… 지금 노사님이 있었다면 분명히 날벼락을 쳤겠지만…….'

한 치의 틈도 없이 꽉 막힌 우물에 갇혀 있다가 환히 터진 곳으로 나오듯, 장건은 조심스럽게 세상 밖으로 한 발을 내밀었다.

화악-

환한 빛이 장건을 감싸 안…… 기는커녕!

콰당!

어느새 장건은 차가운 바닥에 넘어져 있었다.

"어, 어라라?"

장건은 일어나려다가 다시 넘어졌다.

쿠당탕.

"아하하하…… 내가 왜 이더지."

머리가 빙글빙글.

다리는 흔들흔들.

"끄응."

일단은 가만히 있어보려고 했는데 그것도 잘 안 된다. 앉아 있을 때엔 잔잔한 물결에 떠 있었는데 지금은 소용돌이 속으로 들어와 있었다.

장건은 어질한 머리를 붙들고 고민했다.

"으응, 내가 어떠케 일어났떠라?"

일어나는 법을 잊어 버렸다.

아니, 어쩌면 처음부터 그런 방법을 알고 있지는 않았을지도 모른다.

"그냥 이러나면 돼썼는데?"

긁적긁적.

"어떠케 했더라……."

장건은 손으로 머리를 긁었다. 전에는 누워 있다가도 허리를 퉁겨서 단번에 일어날 수 있었다. 그런데 지금은 그냥 반쯤 주저앉아 있는데도 일어나질 못하고 있다.

이렇게 앉아 있을 때는…….

"아, 그러치! 손을 짚고 일어나면 돼."

장건은 바닥에 손을 짚었다. 다리가 흔들거리고 힘이 없어서 팔에는 힘을 주었다.

쿵!

너무 힘을 주었는지 바닥에 손을 대고 있었는데 바닥이 꺼졌다. 땅에 손바닥이 박혔다.

"아이고."

분명히 심각한 상황이었는데 장건은 심각함을 느끼지 못했다. 외려 재미있었다.

일어나려다 말고 손을 빼어 옆에 보이는 작은 돌멩이를 집었다.

옛날 생각이 났다.

처음 장건에게 무공을 가르쳐 준다고 홍오가 돌멩이를 부수는 시범을 보여 준 적이 있었다.

"흐응?"

두 손가락만으로 돌멩이를 부수는 게 당시엔 참 신기해 보였다.

하지만 지금은 장건도 그것을 할 수 있다. 한 번도 해본 적은 없지만 할 수 있다는 건 안다.

손가락에 힘을 주고 돌멩이를 꾹 눌렀다.

안 된다.

단전에서 내공이 폭포수처럼 쏟아져 나와야 하는데 그러지 못하고 삐질댄다.

'이잉! 얘가 왜 이렇게 말을 안 들어?'

장건이 배에 힘을 주었다. 오밀조밀 엮인 실타래가 아니라 엉성하게 엮인 실타래처럼 내공이 흘러나왔다. 속도도 일정하지 못하고 느려졌다 빨라졌다 하며 쓸데없는 혈도를 탄다.

그러다가 결국 어깨와 손을 타고 두 줄기의 경락으로 내공이 흘러들었다.

푸슉.

손가락이 돌멩이를 파고들었다.

투투툭.

돌조각과 가루가 떨어진다.

그땐 장건도 자기가 이렇게 무공을 배우고, 신기하다고 생각했던 일들을 할 수 있게 될 줄 몰랐었다.

왜 차를 마시다 말고, 일어나다 말고 이런 걸 해야겠다는 생각이 들었는지는 알 수 없었다. 누가 뭐라든 상관없이 그냥 하고 싶으니까 해야겠다는 생각만 들었을 따름이다.

장건은 손을 털고 바닥을 짚고, 그리고 나무 탁자에 등을 기대어 일어서…… 려다가 또 넘어졌다.

쿠당.

"아이, 씨."

조심조심.

이번엔 양손으로 바닥을 짚고, 한 번에 밀쳐서 일어나…….

콰당.

앉아서 일어나기 힘드니까 엎드려서 일어나겠다고, 또 콰당.

'어쭈? 이런다고 내가 몬 이러날 줄 아라?'

중심이 안 잡혀서 쿠당, 손을 잘못 짚어서 콰당탕.

거의 일어섰다가 다리가 풀려서 쿠당탕탕.

탁자를 짚었다가 탁자가 부서져서 우당탕.

옷이 온통 흙 범벅이 되고 엉망이 될 때까지, 장건의 시련은 계속되고 있었다.

그 모습을 바라보는 이들은 적잖이 당황하고 있었다.

멀쩡하던 장건이 갑자기 넘어지더니 일어나지도 못하고 허덕거린다.

"뭐, 뭐지?"

"갑자기?"

술에 취해서 못 일어나는 건 그렇다 치더라도, 지금 보이는 행동은 완전히 맛이 간 사람 같았다.

늘 빳빳하던 장건이 부러진 나무토막처럼 삐거덕거리면서 무너지고 있는 것이다.

그것은 어찌 보면 공포스럽기도 했다. 사람이 사람 몸으로 보이지 않고 부러진 나무토막처럼 보이다니.

말리고 싶어도 섣불리 가까이 갈 수가 없었다. 일어나려다가 흙바닥에 손을 박아 넣는다거나 하는 것으로 보았을 때 내공 제어가 제대로 되지 않음이 분명했다.

장건이 바닥을 구를 때부터 이미 대여섯 걸음이나 떨어진 곳으로 대피해 있던 중이었다.

이쯤에서 나설 수 있는 것은 오황이나 상달 정도뿐이다. 사실 상달도 조금 미덥지 못했다. 자칫 크게 다칠 수도 있는 노릇이었다.

그래서 세 소녀는 오황을 쳐다보았다.

좀 말려 달라고.

오황이 고개를 끄덕였다.

그러나 오황은 그녀들의 눈빛을 다른 식으로 해석했다.

누가 보기에도 자랑스럽다는 듯, 매우 뿌듯한 얼굴로 오황이 말했다.

"내 예상대로였다."

"……네?"

이게 무슨 말도 안 되는 헛소리지? 하고 또 다른 눈빛으로 세 소녀가 오황을 보았다.

오황은 아랑곳하지 않고 말했다.

"너희들은 사람이 저 녀석처럼 움직일 수 있다고 보았느냐?"

물론 그렇진 않다. 당금 강호에서, 아니, 무림 역사상 장건처럼 움직일 수 있는 사람은 단 한 명도 없었을 것이다. 설사 움직일 수 있다 쳐도 그렇게 움직이는 사람도 없을 터다.

그래도 사람을 두고 사람이 아니라는 식으로 말하다니! 완전히 장건을 비인(非人)이 아니라 불인(不人)으로 보고 있지 않은가!

조금은 떨떠름한 세 소녀였지만 오황은 그런 사소한 것쯤 가볍게 무시했다.

"나는 이러한 가설을 세웠다. 저 녀석의 움직임은 상당한 부분을 내공에 상당히 의존해 있다고. 그렇지 않고서야 사람이 그렇게 움직일 수는 없는 것 아니겠느냐."

사람은 근육과 뼈, 관절로 움직이기 때문에 동작에 한계가 있다. 팔을 내밀고 제자리에 선 상태로 상체를 움직이지 않고 앞에 있는 것을 때려 보라고 하면, 무슨 수를 써도 강하게 때릴 수 없다.

다리를 굽히고 허리를 회전하고, 직후 어깨를 당겼다가 굽힌 팔을 뻗는다, 는 일련의 동작들이 있어야만 제대로 힘이 실린다.

내가 기공이 깊은 사람은 내공을 이용해서 힘을 가해 줄 수 있다. 육체로 낼 수 없는 힘을 내공으로 배가(倍加)하여 큰 동작 없이 강한 힘을 낸다.

오황은 그 같은 이치를 설명해 주었다.

"그러니까 건이 저놈은 어떤 조화를 부렸는지 몰라도 내공을 이용해서 그런 움직임을 보일 수 있던 거지. 보거라, 내공을 제대로 쓰지 못하니 일어나는 것조차 못하고 있는 걸."

양소은이 문득 떠오르는 생각이 있었다.

"조금 이상한데요?"

"뭐가 말이냐?"

"제가 생각하는 그게 맞는다면 장랑은 아예 내공을 쓰지 못해야 하는 거 아닌 가요?"

제갈영이 얼빠진 얼굴로 장건을 보고 있다가 번뜩 정신을 차렸다.

"누구 마음대로 장랑이야! 자꾸 그러면 난 정랑(情郎)이라고 부른다아?"

"시끄러우니까 꼬마는 가만히 있어라, 응?"

양소은이 제갈영의 머리를 누르며 오황의 대답을 기다렸다.

오황이 싱긋 웃으며 답했다.

"분공산(紛功散)이다."

"분공산이요?"

지켜보고 있던 굉료가 '호오. 분공산이라.'며 아는 척을 했다.

"산공독의 일종인데 내공을 완전히 흩어 버리는 게 아니라 제대로 운용하지 못하게 방해하는 효과가 있다고 하네."

"아하……."

"내공을 잘 못 쓰는 데다 술까지 독하게 취했으니 평소처럼 움직이는 게 쉽지 않겠지."

그 와중에도 장건은 넘어지다가 넘어지기를 반복하는 중이다. 심하다 싶을 정도다.

백리연은 의아함과 안쓰러움을 동시에 느꼈다. 백리연이 오황에게 물었다.

"혹시 뭔가 잘못된 거 아닌가요? 아무리 내공을 제대로 다루지 못한대도 너무 심해 보여요."

"그만큼 내공에 의존한 바가 크다는 뜻일 게요."

오황도 이 정도까지인 줄은 몰랐다는 표정이었다.

"정말 독하긴 독하구나. 너희들 같으면 내공이 없고 술에 취했다고 일어서지도 못하겠느냐?"

오황의 말대로 굉장히 심하다는 생각이 들었다.

오황은 혀까지 찼다.

"쯧쯧쯧. 분공산을 쓰길 잘했군."

혹여 아예 내공을 쓰지 못하도록 산공독을 썼다면 아무리 장건이라도 내공이 없으니 어떻게든 그냥 일어섰을 것이다. 지금 저러는 건 늘 그래 왔듯 내공을 써서 움직이려 하는데 그게 되지 않아서 일어나는 현상이다.

"그러니까 평범하게 걷는 걸……."

"……그렇게 못 했던 거구나."

양소은과 제갈영이 차례로 말을 잇고서 고개를 끄덕였다.

이제야 이해가 간다.

이해가 되니, 한편으로 장건이 불쌍하기도 하다.

'좀 미안하네…….'

왜 못 하냐고 남들이 책망하고 다그칠 일이 아니었다. 이 정도까지 몰아세워도 못 하는 걸 멀쩡한 때에 할 수 있을 리가 만무했다.

"휴우."

"하아."

"히잉."

누가 먼저랄 것도 없이 세 소녀의 입에서 한숨이 흘러 나왔다. 불쌍한 만큼 미안한 감정도 더해졌다.

몇 번의 탄식을 한 후.

"어르신?"

양소은이 안타까움을 감추지 못해 불안한 얼굴로 오황을 불렀다.

"응?"

"그럼 이젠 장 소협을 어떻게 해야 하나요? 그냥 이대로 지켜보고 있으면 되는 건가요? 다른 방법은 없는 건가요?"

"……"

오황은 부드러운 얼굴로 양소은을 쳐다보았다. 양소은이 다시 물었다.

"네? 없나요?"

"……"

"……?"

표정은 금방이라도 대답을 할 것 같은 표정인데 말이 없었다.

웃는 얼굴 그대로 오황은 멈춰 있었다.

세 소녀가 곧 오황의 생각을 읽었다.

'예상대로였다더니!'

'다음 계획 같은 건 없었구나!'

애매한 침묵의 시간이 지나가고 있을 때 오황을 구해 준 것은 굉료였다.

굉료가 약간 화가 난 투로 외쳤다.

"뭘 하긴. 쟤는 저러라고 냅두고 일단 차려진 음식은 먹어야지. 저 음식을 만드느라 삼백칠십이 번의 불호를 외웠는데,

일어서는 법을 잊었어요 207

기껏 만든 음식을 식게 내버려 둘 텐가?"

* * *

오두막에서는 장건만 빼고 잔치를 즐겼다.

맛있는 음식에 향기로운 술까지 곁들여져 더 이상 바랄 게 없는 작은 잔치다.

그런데 말소리가 없다.

냠…… 냠 쩝…… 쩝.

음식을 먹고 마시는 소리만 난다. 심지어는 눈알 굴리는 소리까지 들린다고 할 정도로 조용하기만 하다.

잔칫상은 그럴 듯한데 분위기는 전혀 잔치 분위기가 아니었다.

그도 그럴 것이! 언제 장건이 무슨 짓을 할지 모르는 불안한 상태에서 어떻게 즐길 수 있단 말인가!

손으로는 음식을 집고 있는데 눈은 장건을 본다. 입에 음식을 넣으면서도 장건을 봐야 한다.

내공을 제대로 조절하지 못해서 언제 무슨 짓을 할지 몰라서 긴장할 수밖에 없었다.

심지어 오황도 그리 편한 인상은 아니다. 단순히 무공만으로 위험의 경중을 따지기에 장건은 너무 위험한 존재다. 워낙 예측이 불가능한 짓을 하기 때문이다.

방금도 일어나려다가 아무 연관 없이 멀쩡한 돌멩이를 가루로 만들어 버렸는데 또 무슨 짓을 할 줄 알겠는가!

돌멩이를 부술 공력으로 갑자기 뭘 던진다거나 하면 피해야 한다. 한눈을 팔고 있다간 아차 하기도 전에 머리통이 터져 버릴 수도 있는 것이다.

그런데 어떻게 음식에 집중을 할 수 있겠는가!

먹다가 떨구고 젓가락질을 못 해서 음식을 떨어뜨리고…… 먹는 것보다 흘리는 게 많고…… 씹지도 않고 삼키거나, 혹은 형체를 찾아볼 수 없을 정도로 음식을 계속해서 씹고 있다거나…….

참다못한 굉료가 소리쳤다.

"아! 무슨 음식을 이렇게 맛없게들 드시오!"

굉료가 욱하고 성질을 부렸지만 어쩔 수 없는 일이었다. 장건의 일거수일투족을 감시하자면 음식의 맛 따위 느낄 여유가 없었다.

그나마 다행이라면, 어느 순간부터 장건의 움직임이 굉장히 줄어들었다는 점이었다.

거의 움직이지 않는 듯 느릿느릿, 혼자서만 시간이 느리게 흘러가는 듯 움직이고 있었다.

그것이 마치 언제 터질지 모르는 화약처럼 보는 이들을 더욱 조마조마하게 만들었다. 먹는 게 입으로 들어가는지 어디로 들어가는지 모를 정도다.

분위기가 전쟁 나기 일촉즉발인지라 공기가 너무 답답했다. 숨이 막힐 지경이어서 참을 수 없었던 백리연이 무슨 말이든 해야 한다고 생각했다.

뭔가 말은 해야겠는데 장건에게 신경을 집중하느라 무슨 말을 해야 할지 몰랐다.

아주 잠깐 눈을 돌린 백리연은 굉료를 보았다. 굉료는 성질이 나서 술이 담긴 단지들을 죄다 자신의 옆에 두고 혼자서 신나게 들이키고 있었다.

벌컥벌컥!

거의 퍼붓듯 술을 마시는 굉료에게 백리연이 물었다.

"대사님은 저녁에 소림으로 돌아가셔야 할 텐데 그렇게 드셔도 괜찮으시겠어요?"

감당하기 어려운 분위기 속에서 한줄기 청아한 백리연의 목소리가 적막을 깬 것은 실로 시의적절(時宜適切)했다.

굉료는 흐뭇하게 대답했다.

"와하핫! 빈승은 땡초라서 상관없……."

그 때 장건이 쿠당하고 넘어졌다.

백리연이 번개처럼 장건 쪽을 보았다.

아무도 굉료의 말을 신경 쓰지 않고 있었다.

나름 어디 가서 절대로 무시당할 배분이 아닌 굉료였다. 아무리 겉치레를 따진다고 하지 않더라도, 자신이 땡초 운운하고 말을 던졌으면 뭔가 반응이 있어야 할 게 아닌가!

이건 뭐, 혼자서만 뻘쭘하게 웃으면서 병신 같은 꼴이 되고 만 것이다!

부글부글.

굉료의 속이 끓어 올랐다.

음식도 정성껏 맛있게 만들었고 그만큼 고생도 했다. 황제의 끼니때에 올리는 수라보다도 더 맛이 있을 거라 자신할 수도 있었다.

그런데 아무도 그의 요리에 관심이 없었다. 두어 시진 내내 요리를 했는데, 요리가 맛있다고 칭찬하기는커녕 그에게 수고했다는 말 한 마디조차 해 주지 않았다.

'내가 왜 이런 대접을 받아야 하는가!'

자괴감이 들었다.

그리고 그 자괴감은 이 자리를 기획한 오황에 대한 미움으로 이어졌다.

'준비는 다 할 테니까 재밌게 한탕 놀아 보자더니!'

굉료가 오황을 째려보았다.

워낙 다혈질인데다 고수인 굉료이다보니, 미움이 그대로 드러나서 살기처럼 쏘아졌다. 묵직한 공기 사이로 날카로운 바늘 같은 것이 오황을 쿡쿡 찔렀다.

오황이 눈치채고 굉료를 쳐다보았다.

"아, 왜!"

굉료도 한마디 했다.

"그러게 왜 분공산 따위를 썼습니까! 그냥 산공독이나 쓰지!"

굉료의 기파(氣波)를 받은 오황은 기분이 나빠졌다. 인상을 확 쓰고 똑같이 기운을 쏘아 냈다.

"필요하니까 그랬지! 아니, 왜 나한테 성질을 부려? 이게 내 탓이야? 어디 한번 해보자는 거야, 대사?"

"호오, 그렇습니까? 이 몸이 워낙에 땡초라서 걸어오는 싸움을 마다하지는 않습니다만!"

홍오에게도 지지 않고 덤볐던 굉료였는지라 서로 물러서지 않았다.

"그거 재밌겠네! 사람이 가만히 있으니까 순 핫바지로 보이는 모양인데!"

두 고수가 내뿜는 기파가 허공에서 어지러이 얽혔다. 살기는 아니지만 투기와의 차이는 거의 없었다.

투툭, 찌이익.

옷이 뜯어지는 미묘한 소리가 허공에서 울렸다. 기파가 휘몰아치면서 바람이 일기 시작했다.

휘이이이-

옷이 날리고 서서히 분위기가 고양되어 간다. 가까이에 있던 세 소녀와 상달은 피부가 따끔거려 죽을 지경이었다.

"그, 그만들 하세요!"

제갈영이 비명을 질렀지만 오황과 굉료는 기세를 거두지

않았다.

그 순간 엉거주춤 반쯤 일어나 있던 장건이 움찔했다.

두 고수가 뿜는 기파가 장건의 감각을 건드린 것이다. 그것은 어찌 보면 몸에 와 닿는 기파를 위협적이라고 생각해서 저절로 반응했다.

어쨌거나 장건의 반쯤 풀려 있던 두 눈에 약간의 초점이 돌아왔다. 그리고 장건의 발아래에서 한순간 소용돌이가 일었다.

화—악!

장건의 옷이 순식간에 팽팽하게 부풀었다. 장건이 공력을 일으킨 것이다!

"으아아앗!"

"허엇!"

"시작이다!"

오황과 굉료 때문에 약간 시선이 분산되어 있었다고는 해도 장건의 움직임에 촉각을 곤두세우고 있던 이들이었다. 그리고 이들은 무공을 배운 무림인들이다.

공력을 일으킨 장건이 무슨 짓을 할지 모른다! 게다가 분공산 때문에 내공을 제대로 조절하지도 못한다! 그 두 가지 이유만으로도 피하기에는 충분했다.

"피햇!"

"위험해!"

파팟.

파파팟!

오황과 굉료를 제외한 넷은 제각각 긴박하게 외침을 내지르면서 공력을 일으키고, 공력으로 몸을 보호하며 알고 있는 신법을 최대한 활용해서 뒤로 몸을 날렸다.

하지만 장건은 아무것도 하지 않았다. 그저 기파에 대응해 본능적으로 방어를 하려 한 것뿐.

"……."

결과적으로는 그냥 아무 일도 일어나지 않았다.

하지만…….

애써 차려 놓은 음식들 위에는 흙먼지가 풀풀 날리고 있는 중이었고…….

일부 음식들은 기파들이 일으키는 바람에 날려 어지럽게 흩어져 있고…….

그것을 바라보는 굉료의 눈에는 그저 허탈함이 감돌뿐이고…….

"……."

오황은 뿜던 기세를 멈추었다. 굉료는 기세를 거둔 지 이미 오래였다.

"어흠흠? 이보게…… 대사?"

"……."

말없이 난잡하게 된 음식들을 보는 굉료의 눈에서 마치 눈물이라도 흐를 것 같았다.

"……."

오황이 눈치를 주자 상달이 얼른 나섰다.

상달은 어지럽혀진 탁자 위에 손을 뻗어 고기를 한 점 집었다.

"후우 후우, 이거 그래도 어떻게 살살 잘 불면 먹을 수는 있을 것 같은데요? 어이구, 이 맛있는 거 흙 좀 묻었다고 못 먹을 건 아니잖아요."

침 발린 그의 말도 굉료에게는 별로 위안이 되지 않은 모양이었다.

굉료의 눈에 한순간 불이 켜진다 싶더니 번들거리는 머리통 옆으로 시퍼런 핏줄들이 돋아났다.

꿍!

오두막 전체가 흔들릴 만한 진각까지 밟고서 몸을 웅크린 굉료가, 양손을 탁자 밑으로 넣었다.

그리고는 누가 말릴 틈도, 그럴 시간도 주지 않고…… 굉료는 그대로 잔칫상을 엎어 버렸다.

"에라이! 다 처먹지 마―! 먹지 말아 버려!"

굉료가 탁자를 힘껏 밀어 올림과 동시에 음식과 음식이 담긴 그릇들, 심지어 탁자 위에 올려져 있던 비싼 술이 담긴 술단지마저도 애처로운 비명을 지르며 운명을 다했다.

와장창창―!

제7장

장건의 풍류

"대사님, 화 푸세요. 네?"

"재료가 남았으니까, 성에 차진 않으시겠지만 제가 좀 더 만들어 볼게요."

"됐네! 나는 역시 수양이 부족한 땡초인지라 부처님께 귀의하는 법을 배우러 가야 할 거 같네! 아미타불!"

굉료는 신법까지 쓰며 그대로 휘휘 돌아가 버렸다.

오황도 굉료를 말리지 않았다. 혀만 쯧쯧 하고 찰 뿐이었다.

"거, 불같은 성격하고는. 누가 저걸 중이라고 믿겠나."

백리연이 안절부절못했다.

"아이, 참, 죄송해서 어쩌죠?"
"어쩌긴? 그냥 냅둬. 뒤끝은 없으니까."
오황이 엎어진 탁자를 돌아보았다.
"그나저나 이걸 어쩐다? 원하는 건 얻었으니 상관없는 건가?"
"아깝긴 아까워요. 정말 맛있었는데."
"흘흘, 맛을 알기는 했더냐?"
"아! 그리고 보니!"
문득, 대화를 하다가 자연스럽게 눈길이 장건에게로 향한다.
어지럽혀진 것을 싫어하는 장건이다. 이렇게 난장판이 되었으니 당연히 장건이 할 행동이 눈에 뻔하다. 한데 장건이 보이지 않았다.
장건은 처음 있던 자리에 있지 않았다.
"응?"
다섯 명의 사람이 동시에 고개를 이리저리 돌리며 장건을 찾았다.
어이없게도 장건은 조금 떨어진 마당 한쪽에서 바위 밑에 앉아 있었다.
'언제 저기에 가 있었지?'
더욱 놀라운 건, 제일 작은 술단지까지 하나 떡하니 끼고 있었다는 점이었다!

놀라운 일이 아닐 수 없었다.

방금 전에도 소림에서 돌아오자마자 가장 먼저 장건이 한 일은 청소였다. 요리하느라 지저분해진 부엌과 마당을 청소하고 쓰레기를 치웠다.

그런 장건이 난장판이 된 상을 내버려 둔 채 혼자서 유유자적하고 있다니!

양소은이 멍하게 중얼거렸다.

"믿을 수가 없네……."

다들 양소은과 같은 마음이었다.

제갈영이 혹시나 해서 장건을 소리쳐 불렀다.

"오라버니이—!"

제갈영의 목소리에 장건이 돌아보았다. 제갈영이 은근한 눈짓과 턱짓으로 난장판을 가리켰다.

장건의 눈이 제갈영의 시선을 따라가 난장판을 보았다.

"아니!"

장건이 놀람의 외침을 냈다.

그리고는 한참이나 눈에 갈등과 고민을 번갈아 띠운다. 금방이라도 몸을 움직일 듯 달싹거린다.

"끄응……."

입에서 신음 소리도 흘렸다.

그야말로 장건답지 않게 우유부단한 모습을 보여 주더니.

"푸하!"

장건은 숨을 한 번 크게 내쉬고는 고개까지 돌려 버렸다.
"뭐, 아무렴 어때."
"……헉!"
전혀 의외의 반응이었다.
다섯 사람이 모두 놀랐다. 도저히 일어날 수 없는 일이 기적처럼 일어난 듯했다.
"어떻게 된 거지?"
장건은 그들이 무슨 말을 하던 신경도 쓰지 않았다.
"하아."
한숨을 또 푹 내쉬고 작은 사발로 술 단지에서 술을 퍼 홀짝홀짝 마시고 있었다.
"앗! 보세요!"
제갈영이 가리킨 것을 보니 장건의 옆에 놓인 빈 술 단지였다. 족히 한 말 가까이 되는 양이었다. 그사이에 그 많은 양을 홀짝거리며 다 마신 모양이었다.
아까보다 멀쩡해 보이는 데도 불구하고 취해 있긴 훨씬 더 취해 버린 것이다.
양소은이 잠시 생각을 하다가 말했다.
"혹시 감정의 기복이 심해진 게 아닐까?"
오황이 되물었다.
"응? 그게 무슨 말이냐?"
"왜 술을 마시면 기분이 좋아졌다가도 또 나빠지고, 우울해지기도 하고 막 그럴 때 있잖아요."

"그렇지."

"저도 아빠랑 심하게 다툰다거나 수련에 진전이 없다거나 하면, 술을 아무리 마셔도 우울하고 그랬거든요."

상달이 끼어들었다.

"저도 옛날에 스승님께 얻어맞으면 술을 마시면서 남몰래 울곤 했죠, 네."

"너는 꼭 맞을 소리를 골라서 하드라, 응?"

"헤헤헤, 그냥 옛날 얘기잖습니까요."

양소은은 고개를 끄덕였다.

"아무튼 한숨을 푹푹 내쉬는 걸 보니 확실해요. 아깐 기분이 좋았었는데 지금은 안 좋은 거예요."

백리연이 물었다.

"이유가 뭘까요?"

제갈영이 입을 삐죽 내밀고 말했다.

"술 취한 사람이 무슨 생각을 하고 있을지 누가 알겠어."

"그러네."

백리연이 머쓱하게 웃었다. 늘 남의 시선을 의식하고 살아야 했던 백리연이라 과하게 술을 마시고 취한다거나 해 본 적이 없었다.

"장 소협은 술에 취한 게 오늘 처음이니까, 자신이 뭘 하고 있는지, 무슨 생각을 하는지도 잘 모를 거예요."

"아니, 난 알 것 같은데? 사실 몰라도 상관없고. 나도 저럴 때가 있었거든."

"네?"

양소은은 가볍게 심호흡을 하고는 장건을 향해 걸어갔다.

뒤에서 백리연과 제갈영이 긴장하며 조그맣게 '위험해요!'라고 만류했지만 양소은은 들은 척도 하지 않았다.

장건은 양소은의 그림자가 앞에 드리우자 잠시 고개를 들었다가 다시 내렸다.

장건은 몹시 우울해하고 있었다.

감정이 복받치고 있음에는 틀림없었다. 물론 그건 술기운에 따른 영향이었다.

"후우……."

땅이 꺼져라 한숨만 내쉬는 장건 앞에 양소은이 털썩 앉아 잔을 내밀었다.

"자."

"네?"

"따라 달라고."

장건이 말없이 곡차를 따라 주자 양소은은 한 번에 그것을 비워 버렸다.

"크으."

잔을 탁 하고 내려놓으며 이번엔 양소은이 장건에게 술을 따라 주었다.

쪼르륵.

무슨 일이냐고 묻지 않았다.

그저 한마디만 했다.

"많이 힘들었지?"

장건의 눈에 눈물이 고인다 싶더니 이내 뚝뚝 떨어지기 시작했다.

힘들었겠구나, 라는 말 한마디가 가슴을 푹 파고든 모양이었다.

"어어, 왜 이러지."

장건이 눈을 비비며 억지로 눈물을 참으려 했다.

그 때 양소은이 조용히 장건의 머리를 끌어안았다.

"괜찮아."

양소은은 장건의 머리를 안고 등을 토닥였다.

양소은의 목소리와 포근한 품이 엄마를 떠올리게 했다. 지금은 너무 오래되어 잘 기억도 나지 않는 아련한 엄마의 품.

장건은 감정이 완전히 폭발해 울음을 터뜨리고 말았다.

"크흑!"

장건은 가슴에 얼굴을 파묻고 엉엉 울었다.

"그래, 괜찮아. 하지만 오늘만 우는 거야. 알았지? 남자는 함부로 우는 거 아냐."

장건이 양소은의 품속에서 고개를 끄덕였다. 자기도 왜 그러는지 몰랐지만 마음이 편해지는 건 확실했다.

그 모습을 지켜보던 백리연과 제갈영이 주먹을 꽉 쥐었다.
파르르 주먹이 떨린다.
"당했어."
"씨잉, 저게 연상의 여유 있는 연륜이라는 거구나. 나는 무서웠는데."
말은 그렇게 하고 있어도, 장건을 남이라고 생각하지 않는 착한 심성의 그녀들이었다.
낯선 곳, 소림사에 와서 수많은 고초를 겪는 동안 장건은 어디서 하소연하며 울 수도 없었을 터였다. 그렇게 마음에 쌓아 놓고 있다가 오죽하면 심마까지 찾아왔을까.
술을 핑계로 묵혀 뒀던 감정이 한꺼번에 폭발해 버린 장건을 보고, 백리연과 제갈영은 콧등이 시큰했다.
제갈영이 훌쩍하고 코를 비비며 말했다.
"체, 이번만 봐준다. 담번엔 어림도 없어."
제갈영에게나 백리연에게나 다행스럽게도 장건의 그런 행동은 그리 오래가지 않았다.

*   *   *

얼마 지나지 않아 장건이 고개를 떼었다. 양소은이 장건의 괴로움을 다 받아 줄 것 같은 눈빛으로 장건을 보고 있는데, 장건이 취해서 빨갛게 된 얼굴로 배시시 웃었다.

"누님 참 좋아."
"으, 응?"
난데없이 튀어나온 말에 양소은이 당황했다.
"뭐, 뭐가 좋다는 거야? 이 바보가."
"그냥."
장건은 뭔가 스스로도 말이 이상하다고 생각했는지 고개를 갸우뚱하면서도 개의치 않았다.
"그때 있잖아, 진짜 멋있었어!"
"뭐?"
장건이 약간 혀가 꼬여 잠시 말을 멈추었다가 이었다.
"있지이, 내가 잡은 벼루를 그냥 팍 던져서 깨 버렸을 때?"
또 당황한 양소은이었다.
"그게 멋있었다고?"
"응. 말은 안 했지만, 나도 그렇게 하고는 싶었거든. 그으런데 정말 정말 못 하겠는 거야. 근데 누님은 했잖아. 그런 게 참 멋져. 나한테 없는 그런 거."
양소은이 그 비싼 단연을 조금의 망설임도 패대기를 쳤을 때, 제갈영이나 백리연도 솔직히 속이 다 시원했다. 그런 면에서 장건도 같은 느낌을 받은 듯했다.
무엇보다 장건은 그렇게 할 수 없었으니까 말이다.
그래도 장건이 이렇게 낯부끄러운 말을 할 줄 몰랐던 양소은은 절로 뺨이 붉어졌다.

"그런 말은 집어 치우고 한 잔 받아!"
"아핫! 누님 너무 화끈해요!"
평소 장건답지 않게 너무 말을 술술 하니 불안하면서도 은근히 싫지는 않다.
장건은 또 한 사발 술을 비웠다.
"너, 오늘 말이 많구나? 곡차도 엄청 마시고."
"어? 그러게? 이상하네, 하핫."
너무 심하게 막혀 있던 감정과 강박관념이 한번 풀어지기 시작하니 거침이 없었다.
유유히 흐르는 강물을 막아 뒀더니, 아예 물이 흐르지 않다가 둑이 한꺼번에 터져 홍수가 난 것처럼 장건이 그러했다.
굉목의 가르침과 역근경으로 두텁게 감싸져 있던 장건의 내면 깊은 곳의 둑이 터지고 있었다. 후천적으로 길러진 성격이 아니라 감춰져 있던 본성이 튀어나오려 한다.
어쨌든 장건과 양소은이 정답게 대화하는 꼴을 가만히 보고 있을 제갈영이 아니었다. 제갈영이 달려와서 물었다.
"그럼 영이는! 영이는 안 좋아?"
"아니아니, 영이도 좋지."
"당연히 그래야지! 우리 오라버니가 최고!"
"우리 영이도 최고!"
"우와아!"
장건은 심지어 백리연에게까지 손짓했다.

"어이, 거기 예쁜 백리 소저도 와서 곡차 같이 마셔요오. 나쁜 오황 할아버지랑 불쌍한 상달 형도요!"

백리연의 얼굴이 당혹감으로 물들었다.

"어, 어이라고?"

장건이 저런 식으로 사람을 부르는 걸 들어 본 적이 없었다. 그 뒤에 붙은 '예쁜'이라는 말은 듣기 좋았지만 당황스러울 수밖에 없었다.

'이걸 좋아해야 할지, 말아야 할지 모르겠네?'

장건이 달라진 건 좋은데 술이 들어가서 변한 것이라면 경각심을 가져야 했다. 술이 들어가서 완전 딴사람이 되는 경우는 꽤 허다하다.

지금 장건을 가만히 보면, 처음 술이 들어갔을 때부터 시작해서 점점 더 빠르게 느슨해지고 있는 것이 눈에 보였다.

'어쩌지?'

백리연은 사실 장건이 술에 취했든 안 취했든 옆에 가 있고 싶었다. 그러나 너무나 급변한 장건의 태도에 겁이 나기도 해 섣불리 움직이고 싶지 않았다.

백리연이 오황을 쳐다보며 물었다.

"술을 마시면 본성이 나온다고 하는데, 장 소협의 본성이 저런 모습이었을까요?"

"글쎄다. 그럴 수도 있겠지. 술을 마시면 완전히 달라지는 사람들도 있으니까. 그래서인지 나는 저놈도 사람은 사람이었구나, 하는 생각이 드는구나. 자고로 남자란 원래 술을 마시면 모든 여자가 예뻐 보이기 마련이지."

오황은 말을 하다가 인상을 썼다.

"근데 조금 과하다는 생각이 들긴 하는구나. 아까는 설취해 있던 느낌인데 지금은 완전히 취해 버린 느낌이야. 저놈은 왜 뭘 해도 꼭 한계까지 하려 하는 게냐. 그래야 직성이 풀리나? 왠지 지옥문이라도 연 듯한 이 찝찝한 기분은 무엇일꼬?"

지옥문이란 말이 백리연에게도 소름끼치게 들렸다.

"흐음, 알 수가 없네."

오황이 중얼거리다가 상달을 불렀다.

"상달아. 네놈은 어떻게 생각하나?"

상달의 대답은 조금 멀리서 들려왔다.

"아, 부르지 마요. 젠장, 왜 나만 불쌍한 상달 형이야? 아니, 내가 생각해도 불쌍할 만하네. 누군 미녀들과 깨가 쏟아지는데 나는 이거 언제나 노총각 신세를 벗어나냐고!"

"저놈이?"

"아! 몰라요, 몰라!"

상달은 깨진 술 단지를 들고 벌컥벌컥 들이키며 설움을 달랬다. 얼마나 주워(?) 먹었는지 얼굴이 곧 불콰하게 달아올라 있다.

"크아! 사나이 상달, 이 외롭고 적적한 마음을 표현하지 않고는 참을 수가 없구나."

무슨 생각을 했는지 상달이 목청을 길게 뽑았다.

花間一壺酒　꽃나무 사이에서 한 병의 술을
獨酌無相親　아무도 보는 이 없이 홀로 따르네.
擧杯邀明月　잔 들고 밝은 달을 맞으니
對影成三人　그림자와 나와 달은 셋이 되었네.
月旣不解飮　달은 술 마실 줄을 모르고
影徒隨我身　그림자는 나를 따르기만 하네.

구슬픈 곡조에 다소 쓸쓸해 보이는 표정이 제법 잘 어울렸다.

양소은이 감탄했다.

"제법인데? 네가 이백의 시를 다 안단 말야?"

상달은 술 한 모금을 더 마신 후 말을 내뱉었다.

"캬아, 사람 우습게보지 마십쇼. 이래 봬도 양가장에 들어가기 전엔 풍류를 좀 알던 놈이었습니다. 마음만 먹으면 하루 종일이라도 시를 읊을 수 있었지요."

오황이 핀잔을 주었다.

"웃기고 있네. 남의 시 달랑 하나 외워 놓고 무슨 풍류냐?"

"아니라니까요. 아, 스승님은 풍류도 모르시면서 왜 그러세요?"

"내가 왜 인마 풍류를 몰라? 쓰는 무공도 풍연경이라 이름 붙인 사람이야, 내가. 원래 흥이 돋으면 시도 짓고 춤도 추고 가락도 뽑는 게 자연스러운 거 아냐? 자연스러운 거라면 내가 또 일가견이 있잖냐. 그러니까 풍류는 어떻게 보면 내게는 그저 일상이지, 일상."

"그걸 납득하고 있는 저 스스로가 왠지 못마땅하네요. 그래도 직접 시를 지으신다는 건 못 믿겠는데요?"

"허, 이놈이 사람을 못 믿네. 너 예전에 음풍농자(吟風弄者)라고 미친 놈 있었는데 기억나냐?"

"잘 모르겠는데요."

"한 삼사십 년 됐으니까 모를 수도 있겠구나. 아무튼 그놈이 뭐 하는 놈이었냐면, 꼭 사람을 죽인 다음에 그 자리에서 시를 읊고 가는 마인이었다. 피를 봐야 시상(詩想)이 떠오른다나? 진짜 미친놈이었지."

"근데 그게 왜요? 미친놈하고 시 짓기 대결이라도 하셨어요?"

"미쳤냐? 미친놈하고 무슨 대결을 해. 그냥 보이길래 때려잡았지."

"아, 네. 그래서요?"

"내가 그놈을 뒈지게 패 가지고 바닥에 눕혀 놓고 나니까 나도 갑자기 시상이 떠오르더라고."

"……죄송한데 누가 마인이라고요?"

"아, 좀 닥쳐 봐라. 여튼 그래서 내가 시를 한 수 쫙 뽑았다는 거 아니냐. 한때 그 시가 아주 장안의 화제였다. 강호에 몸을 담은 이치고 그 시를 모르는 사람이 없었다."

제갈영이 잠깐 생각하다가 손뼉을 짝하고 쳤다.

"아! 음풍농자라면 혹시 그거 제목이……."

말을 하려다가 말고 제갈영이 킥 하고 웃으며 입을 가렸다.

상달이 물었다.

"뭔데 그래요, 제갈 소저?"

"제목이…… 전설출현(傳說出現)이었어요."

"……"

"맞죠?"

오황은 부끄러움도 없이 당당하게 말했다.

"역시 제갈가의 아이라 박식하구나. 내가 바로 그 시를 지었지. 한번 들어 볼 테냐?"

오황이 '험험.' 하고 목을 가다듬고 시를 읊기 시작했다.

壹掌投惡漢 악한에게 일장을 먹였더니
飜疑骨破碎 어이쿠, 뼈가 다 다 부서져 버렸네?
長嘯天宇寬 한 줄기 휘파람 소리에 하늘은 광활하니
此傳說出現 여기 전설이 출현하였도다.

장건의 풍류 233

시를 읊고 난 후 오황이 돌아보았다.

"어떠냐? 남자의 패기가 느껴지지 않느냐?"

얼척없다는 표정을 짓고 있던 상달도 마침내는 왁 하고 웃어 버렸다.

"크카칵! 정말 스승님다운 제목에 내용이네요! 장안의 화제가 될 만~합니다."

역시 오황은 오황이었다.

그걸 가만 듣고 있던 제갈영이 갑자기 장건에게 떼를 썼다.

"그래! 오라버니도 시를 지어 봐."

"나?"

"헤에? 나 시 못하는데."

"그냥 영이를 위해서 하나 멋지게 뽑으면 되잖아. 어디서 들은 것도 없어?"

장건은 취한 와중에도 기억을 떠올리려는 표정을 지었다.

본래 장건도 사서삼경은 얼추 독파했는데 과거 시험을 보고자 한 것도 아니라서 딱히 외고 있는 게 없었다. 삼경 중에 시경에는 특히나 관심이 없어서 한 번 훑어 본 것뿐이었다.

아무것도 없는 산중에서 무뚝뚝한 굉목과 십여 년을 살았는데 시를 읊고 느낄 수 있는 정서 따위가 길러졌을 리 없다.

게다가 술에 취해 정신도 없었다.

"음…… 글쎄에?"

다른 이들은 호기심이 생겨났다. 생각해 보니 장건이 시를 읊는 장면만 생각해 봐도 재밌을 것 같았다. 상상도 되지 않는 모습이다.

그래서 오황이 부추겼다.

"내용이 무슨 상관이냐. 감흥이라는 걸 표현할 수 있으면 그게 바로 나의 풍류요, 나의 마음인 것이니라. 율시(律詩)니 언련(言聯)이니 하는 걸 몰라도 그냥 남들 다 할 때 빠지지 않고 할 수 있으면 그게 또 즐기는 것이지."

'남들 다 할 때.'라는 말을 듣는 순간 장건이 호기롭게 외쳤다.

"좋아아! 딱 떠오르는 게 있네."

"그래그래, 바로 그런 걸 한번 쭉 읊어 주면 되는 게야."

매우 진지한 표정으로 장건이 고개를 끄덕이며 입술을 열었다.

다들 기대의 눈으로 장건을 보았다.

장건은 과연 무슨 시를 욀까.

장건이 모두의 기대를 안고 반쯤 흐릿한 발음으로 낭송을 시작했다.

觀自在菩薩 관자재보살께서
行深般若波羅蜜多時 바라밀을 행하실 때에

照見五蘊皆空 존재의 요소인 오온이 빈 것을 알아서
度一切苦厄 온갖 괴로움과 재앙을 헤아리셨느니라!
舍利子…… 사리자여……

"……"
"……"
"……사바하(娑婆訶)."
아주 잠깐 음미하듯 장건이 마지막에 '사바하.'를 세 번 외며 눈을 감았다.
장건은 일다경 동안 무려 삼백여 자에 가까운 마하반야바라밀다심경(摩訶般若波羅蜜多心經)을 통째로 왼 것이었다.
곧 장건이 다시 눈을 뜨고는 뿌듯한 얼굴로 외쳤다.
"내 시가 제일 길다아! 아하하하!"
누구라고 말할 것도 없이 모두가 고개를 끄덕였다.
'완전 취했군.'
'취했어.'
'저 정도면 정말 맛이 간 거야.'
'장 소협이 술을 마시면 저렇게 되는구나.'
울다가 웃다가 호기를 부렸다가 하니, 당연히 정상이라고는 할 수 없다.
하지만 다른 생각을 가진 사람도 있었다.
부들부들.

제갈영은 뺨을 잔뜩 붉히고서는 몸을 떨었다.

"귀, 귀여워어!"

장건이 술에 취해 헤실대는 모습이 너무 귀여웠다.

"으응? 아하하하!"

장건은 '손으로' 뒷머리를 긁었다. 그러더니 술 단지를 거꾸로 들어서 탈탈 털었다.

"쩝, 다 마셔 버렸네. 아하하!"

굉료가 상을 뒤엎어 버리면서 술 단지까지 깨져 버리고 장건이 들고 있던 작은 술 단지가 마지막이었다.

다들 오황을 쳐다보았다. 장건은 아쉽다고 손가락을 빨고 있는 중이었다. 지금 상황에서 결정을 내릴 수 있는 사람은 오황이다.

처음부터 계획을 세운 이도 오황이었으니, 멈추는 것도 오황의 결단이 필요했다.

백리연이 조심스럽게 물었다.

"이제 그만해도 되지 않을까요? 왠지 더 하면 좋지 않을 것 같은데요."

그런데 장건이 벌떡 '일어섰다.'

"까짓것, 곡차 내가 더 구해 오겠어요! 딸꾹, 내가 어딨는지 알아!"

그러더니 다짜고짜 어디론가로 가려 하는 게 아닌가!

"내가 다 먹어서 미안하니까 더 가져와야 돼요."

비틀비틀 걷는 장건을 보며 나머지 사람들이 깜짝 놀랐다. 갑자기 곡차를 어디에서 구해 오겠다는 것이겠다는 걸까? 돈 한 푼 없이?

"일단 말려요!"

백리연이 다급히 말했지만 제갈영은 겁나서 장건을 건드리지 못했다. 그나마 가장 가까이에 있던 양소은이 장건의 어깨를 붙들었다.

아니, 붙들려했지만 장건의 상체가 흐릿해지면서 양소은의 손은 그냥 허공을 통과해 버렸다. 장건이 비틀거리는 통에 잡지 못한 것처럼 보였다.

"에잇."

양소은이 공력까지 끌어 올리고는 금나수로 재차 장건의 손목을 잡으려 했다.

스윽.

아슬아슬하게 손끝에 살짝 소맷자락이 스치며 장건이 팔을 들어 올려 피했다.

"어어?"

아니, 피했다기보다는 과도하게 움직인 탓인지 장건이 중심을 잃고 넘어지려는 듯 버둥거렸다. 그러면서 운 좋게 양소은의 금나수를 피한 것 같다.

"어?"

뭔가 이상했다.

장건은 비틀거리면서 술 취한 사람처럼 넘어질락 말락 하고 있다.

'그런데 왜 못 잡지?'

의문이 든 양소은은 금나수를 연속으로 펼쳐 양손을 동시에 뻗었다. 좌에서 우로, 아래에서 위로 쾌속하게 움직여 장건의 허리 명문혈과 어깻죽지를 동시에 잡아당겼다.

장건은 허우적거리면서 앞으로 넘어지려는 것처럼 하다가 팔을 휘적거리며 다시 몸을 뒤로 젖혔다. 양소은의 손은 연거푸 네 번이나 허공을 쥐어뜯었다.

장건은 분명 술에 취한 데다가 분공산에 당해서 내공을 제대로 조절할 수 없는 상태였다. 무공을 아예 쓰지 못하는 건 아니지만 내공 제어를 못 하는 상황에서 양소은의 금나수를 피하는 건 어려운 일이다. 한 번 두 번이라면 우연이나, 다섯 번 이상을 연속으로 피할 순 없다.

그게 우연이 아니라는 걸 증명이라도 하듯이 장건이 뒤를 돌아보았다.

비틀비틀.

그리고 물었다.

"왜요? 딸꾹. 양 누님도 나한테 뭐 할 말 있어요오?"

양소은은 기가 막혀서 더 이상 금나수를 쓸 수 없었다. 이 정도면 의도적으로 자신의 금나수를 다 피했다는 것이다.

지켜보던 오황이 '응?' 하고 의문을 표했다.

"가만? 저놈이 언제부터 일어설 수 있게 되었지?"

상달도 눈을 동그랗게 떴다.

"그러고 보니 말할 때 발음도 거의 안 꼬이고 있었네요?"

그랬다.

백리연이 생각해 보니, 그때부터였다. 아까 오황과 굉료의 기가 서로 맞부딪칠 때, 장건이 자기도 모르게 공력을 폭발시킨 후부터였다.

"아!"

하지만 지금은 그게 중요한 게 아니었다. 장건이 어디로 가는지가 더 중요했다.

백리연은 장건을 소리쳐 불렀다.

"장 소혀-엽! 어디 가는 거예요?"

장건이 대답했다.

"소림사에 가는 거예요! 근데 어디서 곡차를 구해 오는지는 비밀이에요!"

흠칫.

이미 어디로 가는지 설명을 다 했다!

제갈영은 또 철없이 장건이 말하는 게 귀엽다고 난리였다.

"귀여워! 귀여워귀여워!"

그러나 다른 사람들은 별로 귀엽게 느낄 수 없었다.

'설마······.'

'소림을 털겠다는 거냐?'

소림에 왜 술이 있는지 궁금해할 필요는 없다. 약으로 쓰기도 하고 음식의 풍미를 위해서 쓰기도 한다.

중요한 건 장건이 술에 취해서 억지로 그것을 강탈하러 가고 있다는 점이었다!

"오황 어르신!"

백리연의 놀란 외침에 오황은 잠시 갈등했다.

방법은 두 가지다.

장건을 힘으로 제압하든가, 얌전히 술을 가져다주든가.

명색이 우내십존인데 체면이 있지!

오황이 성큼 한 발을 내디뎠다.

상달은 뒤에서 응원했다.

"술 먹고 주사 부리는 놈들은 소협이고 대협이고, 기냥 두들겨 패서 버릇을 고쳐야 한다니까요? 처음부터 버릇을 잘 들여야 합니다. 저는 스승님만 믿습니다."

오황이 주먹을 꾹 쥐고 나서며 소리쳤다.

"상달아?"

"……네?"

상달이 불안한 표정으로 되물었다.

"왜요?"

오황의 손이 번개처럼 움직였다.

"으헉!"

반쪽짜리 은원보가 한 줄기 은빛 선을 그리며 날았다. 그런데 그것은 장건이 아니라 상달을 향해서였다.

상달이 은원보를 받아 냈다. 이번엔 빠르기만 하지 내공은 담겨 있지 않아서 쉽게 받아 낼 수 있었다. 그래도 기겁을 해 이마에는 땀방울이 맺혔다.

"왜, 왜요!"

"얼른 다녀와라. 마지막 남은 내 전 재산이다."

상달이 물었다.

"아니, 어딜 다녀오라는 겁니까? 왜 제게 돈을 주시냐고요. 저 가져도 됩니까?"

"몰라서 물어? 저놈을 소림이 아니라 마을로 데려가란 말이다. 가슴 아프니까 자꾸 묻지 마라."

"……장 소협을 제압하는 게 아니구요?"

"다 생각한 바가 있으니까 넌 다녀오기나 해라. 괜히 소림으로 가면 넌 아마 백팔나한하고 싸워야 될지도 모른다."

"왜 백팔나한하고 싸우는 게 제가 되어야 하는데요!"

"내가 방장에게 보낸 서신에 그렇게 썼거든. 상달이란 놈이 이번 일을 다 책임질 거라고."

흠칫!

"그 무슨 삼 일 전에 먹은 술 깨는 소리를 하십니까요!"

"그러니까 소림으로 올라가지 않게 잘 데려가라고. 술을 더 먹고 싶다고 하면 괜히 사고치지 말고, 지불할 거 지불하고 사 오라 돈 준 거야. 얼른 가라. 방금 이 사부는 빈털터리

거지가 되어서 기분이 매우 상큼하시다."

"으으……."

상달은 물론 다녀오기가 매우 귀찮았다. 산을 내려갔다가 마을에서 무거운 걸 들고 또 올라올 생각을 하면 욕지기가 치밀었다.

벌써 세 번째였다!

그러나 지금 같은 분위기에서는 결코 거부할 수 없었다. 애초에 오황의 말을 거부할 수도 없었지만.

"네네, 알겠습니다. 다녀옵죠, 네네! 알았다고요! 제가 이번 일의 주동자니까 제가 다녀온다고요!"

상달은 자신이 할 수 있는 최대한의 반항적인 말을 내뱉으며 장건을 향해 달려갔다.

"장 소협! 장 아우님, 장 형님. 같이 갑시다. 그쪽 말고요, 반대쪽!"

상달이 장건을 어떻게 설득했는지 장건의 걸음 방향이 산 아래로 바뀌었다.

그 모습을 보며 세 소녀들이 오황에게로 몰려들었다. 오황이라면 장건을 제압해서라도 멈추게 할 줄 알았던 그녀들이었다.

그녀들이 왜 그랬느냐고 물어볼 걸 예측한 듯 오황이 먼저 말했다.

"저놈 걸어가는 걸 잘 봐라."

벌써 꽤 멀리까지 가 있었지만 충분히 볼 수 있는 거리였다. 세 소녀들은 장건의 뒷모습을 바라보았다. 보라고 했으면 이유가 있을 터다.

장건의 걸음은 술에 취한 사람에 다름 아니었다.

이리 비틀 저리 비틀 하는 것이 주정꾼처럼 그러하다. 지나가다가 머리를 나무에 박을 것처럼 위태위태하다. 허우적대는 팔을 나뭇가지에 부딪칠 것 같다. 넘어지지도 않고 부딪치지도 않고 있다는 게 용할 지경이다.

그래도 비틀거리는 건 딱 장건스럽다. 비틀대는 것마저 아직은 딱딱한 움직임이다. 꼭 귀에 삐걱거리는 소리가 들려오는 듯하다.

제갈영이 고개를 도리도리 저었다.

"영이는 무슨 말씀을 하시는지 잘 모르겠어요."

"흔들거리는 상체를 보지 말고 걸음을 봐라."

오황의 조언에 제갈영이 안력을 돋우었으나 공력이 약한 제갈영이라 자세히 볼 수가 없었다.

그러나 양소은과 백리연은 달랐다. 둘은 명확하게 장건의 걸음걸이를 볼 수 있었다.

"아?"

"뭐죠, 저건?"

장건의 비틀대는 상체의 움직임은 그냥 하체에 달린 천 조각처럼 너풀거리는 그런 종속적인 움직임이었다.

한데 걸음은 달랐다.

그것은 명백히 술에 취한 사람의 걸음이 아니었다.

이쪽저쪽 방위를 밟는 품이 결코 평범하지 않다. 단순해 보이면서도 깊은 현기(玄機)가 느껴지고 있었다. 강호에서 흔히 떠도는 삼류 보법에서는 절대 볼 수 없는 현기다.

그렇다고 불가나 도가의 보법도 아니다. 그렇게 보기엔 어쩐지 경망스럽기도 하고, 어울리지도 않는다. 아니, 경망스럽다는 표현은 그 걸음의 가치를 알아보지 못하는 이들의 입에서나 나올 법한 말이었다.

"도대체 뭐죠?"

양소은은 무인으로써의 호기심이 잔뜩 올라 있었다. 사실 장건이 어떤 무공을 쓰든 장건만의 방식으로 쓰기 때문에 양소은의 무위에서는 알아보기가 쉽지 않다.

그저 다르다는 것만 알 뿐이다.

제갈영도 궁금함을 참지 못하고 물었다.

"알려 주세요!"

오황이 재미있다는 듯 웃었다. 한쪽 입가만 올라간 묘한 미소다.

오황은 잠시 뜸을 들였다. 그건 장난삼아 대답을 늦추는 게 아니라 웃음을 참다 보니 어쩔 수 없이 대답이 늦은 것이었다.

끅끅거리던 오황이 겨우 입을 열어 말했다.

"취팔선보(醉八仙步)다."

세 소녀의 눈이 휘둥그레졌다.

개방의 취팔선보!

무당의 태극경처럼 개방의 상승 무공 중 하나다.

무당이나 화산처럼 꽁꽁 감추고 있는 비전의 수법은 아니지만, 배우기가 난해하여 익힌 이가 몇 되지 않는다는 보법이다. 오황이 개방을 한창 두들길 때에도 몇 명 쓰는 것을 보지 못했을 정도다.

백리연은 말까지 더듬었다.

"그, 그걸 어떻게 장 소협이……."

대답은 하지 않았으나 오황은 알 수 있었다.

소림사에서 취팔선보를 알고 있는 사람은, 아니, 알고 있던 사람은 단 한 명뿐이었다.

오황은 소름이 끼치도록 흥분되는 얼굴로 혼잣말을 중얼거렸다.

"홍오…… 너라는 놈은 정말…… 네놈도 괴물이었지만 네놈을 닮은 괴물이 여기 또 있구나."

*   *   *

상달은 깜짝 놀랐다.

'어떻게 저럴 수 있지?'

언제는 손에 가시가 박힌 것처럼 괴상하게 삐거덕삐거덕 움직여서 신경 쓰이게 만들더니, 지금은 완전히 다른 모습으로 걷고 있는 장건을 보게 된 것이었다.

장건의 몸짓은 그야말로 희한했다.

전처럼 뻑뻑하게 움직이는 게 아니다. 순풍을 받고 나아가는 배처럼 가볍게 쭉쭉 나아간다. 팔다리를 움직이는 것도 은근히 자연스럽다.

물론 그것이 보통 사람처럼 자연스럽다는 것은 아니고 술에 취한 사람이 허우적거리는 모양이라는 게 조금 거슬리긴 하지만.

그래도 예전 장건의 모습에 비하면 아주! 매우! 지극히 정상적이지 않은가!

'정말 희한하네?'

상달은 억지로 하라고 해도 못 했던 장건이 어떻게 취해서 이렇게 되었는지, 심지어 분공산에까지 당했는데 이럴 수 있는지 믿을 수가 없었다.

지금 장건은 분명히 경공법을 쓰고 있었다.

확실히 내공을 이용한 경공법을.

*　　*　　*

상달이 보는 것처럼 처음부터 장건이 편했던 건 아니었다.

처음엔 일어나는 것조차 힘겨워서 죽을 지경이었다. 계속 노력해 보긴 했는데 그런다고 되지 않았다. 팔다리가 말을 안 들어서 어떻게 해야 할지 당혹스러웠다.

그런데 오황과 굉료의 기세 싸움 때 본능적으로 공력이 일어나면서 깨달은 게 있었다.

'어? 내공이 내 맘대로 안 움직이는데 어떻게 공력이 끌어올려졌지?'

의도적으로는 되지 않는데 자연적으로는 된 것이다.

그런데 평소에 늘 돌던 혈도가 아니었다. 다른 길로 내공이 순환했다.

'당연히 늘 가던 쪽으로 가야지!' 하고 억지로 움직이려 하면 잘 안 움직이던 내공이었는데 가만두니 제가 갈 길로 알아서 갔다. 그리고 결론적으로는 같은 결과를 냈다.

장건식으로 생각해 보면 '똑바로 쭉 가면 한 번에 갈 것'을 '괜히 빙 둘러서 간 꼴'이다.

그러나 쭉 가고 싶어도 갈 수가 없으니 어쩔 수 없이 둘러가야 할 판이었다. 다행히도 술에 취해 있어서 제대로 생각하고 판단할만한 상황은 아니었다.

그리고 또 한 가지. 결정적으로 장건의 마음을 편하게 만든 것이 있었다.

'흐응? 어쩐지 익숙한걸?'

늘 내공이 움직이던 길이 아니라 다른 길이었는데도 불구하고 전혀 생소하지 않았다.

'뭘까?'

가만히 내버려 두었더니 내공은 빙글빙글 제가 알아서 잘도 돈다.

족태양방광경을 쭉 한 바퀴 돌면 될 것을 중간에 괜히 수태양소장경으로도 갔다가 수소음신경으로도 잠시 들렀다가 한다.

그냥 그렇게 하라고 두었더니 그냥 잘 돈다. 왠지 군더더기 같다는 생각이 드는 것을 빼고는 딱히 걸리는 것도 없다.

그것은 꼭 '지금의 몸 상태에서라면 굳이 평소처럼 하지 말고 지금처럼 해 보는 건 어때?' 하고 묻는 듯한 느낌이었다.

'그런가?'

이상하게 말도 좀 꼬이고 감각도 느슨해져 있다. 평소라면 아무 문제 없을 세세한 근육을 조절하는 것도 되지 않는다.

지금 같은 몸 상태에서 평소처럼 내공을 운공한다는 건 확실히 말이 되지 않는 일일지도 모른다. 당연히 그에 적합한 운공법이 필요한 것이다.

어쨌든 간에 장건은 이미 마음이 느슨해져 있어서 어떻게 되든 상관이 없었다.

'그래, 뭐, 될 대로 되라지.'

그러고 나서 장건은 자유롭게 일어설 수도 있었고 움직일 수도 있게 되었다. 두통이 사라지고 마비된 것 같던 혀도 풀렸다. 머리도 훨씬 맑아졌다.

그러나 희한하게도 취한 상태는 여전했다. 운공하는 동안은 오히려 기분 좋은 흥취가 돋아나서 만사가 여유만만하고 마음이 편했다.

마치 취해 있어야만 사용할 수 있는 운공법처럼······.

자기도 모르는 사이에 장건은 콧노래까지 흥얼대었다.

장건은 인지하지 못하고 있었지만 지금 장건이 사용하고 있는······ 아니, 저절로 되고 있는 익숙한 운공법, 그것은······.

오황이 본 대로 아주 오래전 홍오가 장건에게 보여 주었던 취팔선보의 운공법이었다.

*   *   *

혜원사의 금오.

장건을 처음 소림사에 맡기도록 장도윤에게 권유했던 승려였다.

금오는 소림사의 진산식을 맞이하여 노구를 이끌고 소림으로 향하는 중이었다.

꾸준히 걸음을 재촉한 끝에 드디어 멀리 소실봉이 어렴풋이 눈에 들어오는 곳까지 도착했다.

"휴우, 여기서 좀 쉬자꾸나."

금오가 잠시 쉬는 동안 젊은 승려가 금오의 다리를 주무르며 수발을 들었다.

따뜻한 해가 내리쬐는 바위에 앉아 금오가 젊은 승려에게 물었다.

"너는 내가 왜 객사의 위험을 무릅쓰고 무리하게 노구를 혹사시키면서까지 소림으로 가는지 궁금할 것이다. 그렇지 않으냐?"

"소림의 방장 대사님께 미안한 마음이 있으시다 하셨습니다. 친분도 있으시고요."

"그래, 물론 그런 것도 있지. 하지만 이번 여로는 내 젊은 날의 과오를 반성하기 위한 스스로의 수행길이기도 하느니라."

젊은 승려가 의아한 얼굴로 물었다.

"아이의 운명이 결코 좋지 못하니 소림에 맡겨 덕을 쌓도록 한 것이 어찌 과오일 수 있겠습니까?"

젊은 승려의 물음에 금오가 되물었다.

"선자야, 너는 사람의 운명이라는 것을 어떻게 생각하느냐?"

젊은 승려가 금오의 다리를 주무르기를 멈추고 공손히 답했다.

"저는 선승께 운명을 함부로 말하지 말고 인과를 무서워하라 배웠습니다."

말을 해 놓고 자신의 실수를 깨달은 젊은 승려가 합장하며 허리를 깊이 숙였다.

"죄송합니다. 제가 어리석었습니다."

금오가 쭈글쭈글한 얼굴에 웃음을 담으며 말했다.

"그것이 또한 나의 젊은 날 과오였느니라. 나는 나 자신의 자그마한 재주를 믿고 아이의 운명이 그러하다 단정하였느니라."

"사실…… 저는 잘 모르겠습니다. 사람의 운명이 인과에 따른다 하면 그것 역시 운명이라 할 수 있지 아니겠습니까?"

"혹시 금강반야바라밀경(金剛般若波羅蜜經), 제십삼장의 여법수지분(如法受持分)을 기억하느냐?"

"예."

"마지막 구절을 외 보거라."

젊은 승려가 잠시 생각하더니 낭랑한 목소리로 독송하였다.

"수보리, 약유선남자선여인 이항하사등신명 보시 약부유인 어차경중 내지 수지사구게등 위타인설기복 심다(須菩提, 若有善南子善女人 以恒河沙等身命 布施 若復有人 於此經中 乃至 受持四句偈等. 爲他人說其福 甚多)니라."

"부처님께서 말씀하셨느니라. 모래와 같은 목숨을 바쳐 보시를 하고, 이 경 가운데 네 구절의 경구 하나만이라도 남에게 알려 준다면 그 복이 전보다 더 많을 것이다."

"나무아미타불."

금오가 잠시 쉬었다가 물었다.

"복이 많아진다는 것은 무슨 뜻이냐?"

"금강경을 설파하고 독송함으로써 공덕을 쌓아 과거의 죄업이 씻기고 선업을 행함과 같다는 것이 아니겠습니까."

"그렇다. 사람은 선악의 업에 따라 해당하는 과보(果報)를 받는데, 이를 인과라 하는 것이다. 그렇다면 사람의 운명이라는 것은 인과에 의해 결정된다 할 수 있겠느냐?"

"그렇다고 생각합니다."

"하면 인과는 무엇에 의해 결정되는 것이냐?"

"그야…… 방금 말씀하셨듯이 선남자와 선녀자가 지은 업과 그가 행한 공덕에 따라 결정되지 않겠습니까?"

"그러하니라. 선남자와 선녀자는 능히 자신이 행한 죄업이나 혹은 공덕에 따라 인과가 결정되고, 이러한 인과가 운명을 바꾸는 것이니라."

금오는 힘이 들었는지 잠시 쉬었다가 다시 말을 계속했다.

"그렇다면 너는 지금 무엇을 하고 있느냐?"

"저는 지금 큰스님의 설법을 듣고 있사옵니다."

"나는 그저 부처님의 말씀을 전하고 있는 것뿐이다. 그러나 이로써 나는 네게 큰 공덕을 행하고 있는 것이고, 너 또한 공덕을 쌓고 있는 것이다. 하면 마지막으로 묻겠다."

"예."

"너의 인과는 우리가 이 바위에 앉기 이전과 지금 달라졌겠느냐?"

잠시 생각하던 젊은 승려가 대답했다.

"달라졌습니다."

"너의 생각도 달라졌느냐?"

"저는……."

"한데 너는 아직도 모르겠다는 얼굴이로구나."

젊은 승려가 부끄러워했다.

"죄송합니다. 제가 모자람이 많아……."

"괜찮다. 그럼 다른 이야기를 해 주마."

금오가 얘기를 떠올리며 말했다.

"옛날 어느 비구(比丘)승이 신통력을 얻어 사람이 죽고 사는 것을 알 수 있게 되었느니라. 한데 함께 있던 여덟 살배기 사미의 삶이 칠 일밖에 남지 않은 것을 알게 되었지. 비구승은 아이를 불쌍히 여겨 부모에게 돌아가도록 하였느니라."

금오가 지팡이로 흙바닥에 그림을 그리며 말을 이었다.

"아이가 집으로 돌아가다가 길에서 비를 만났는데 개미들이 물난리를 겪고 있는 것을 보았단다. 아이는 개미들이 가여워 흙을 쌓아 물길을 다른 곳으로 보내서는 개미를 살리게 되었고, 집으로 잘 돌아갔다."

"그리고 죽었겠군요."

"그렇지 않았다. 아이는 멀쩡하게 칠 일째 되는 날 비구승에게 돌아왔느니라. 비구승은 아이가 개미들을 살리는 큰 공덕을 쌓아 수명에 변화가 생겼음을 알고 아이에게 그 이야기를 해 주었지. 아이는 선업에는 그만한 과보가 있음을 알고 수행에 더욱 정진하여 추후에 아라한이 되었느니라."

젊은 승려가 알 듯 말 듯 한 얼굴을 했다.

금오는 눈을 감고 읊조리듯 말했다.

"관자재보살께서 사람의 다섯 가지 요소인 색수상행식(色受想行識)의 오온 모두가 공(空)이라는 것을 아셨느니라. 그중 색을 짚어 말하시길, 색이 공과 다르지 않고 공이 색과 다르지 않으니[色不異空 空不異色] 색이 공이고 또한 공이 색이니라[色卽是空 空卽是色]. 사람의 실상은 애초에 공(空)하였으니 애초에 악하게 태어난 자가 없고 또 선하게 태어난 자도 없더라."

금오가 자애로운 눈으로 젊은 승려를 보았다.

"아무것도 없는 공에서 태어났으니 스스로의 운명을 결정짓는 것은 오직 전(前)의 인과요, 현세의 업이니라. 매 순간의 선업과 악업이 인과를 변화시키는데 어떻게 정해진 운명이 있을 수 있단 말이냐. 하여 운명이란 말을 함부로 말하지 말고 매 순간 변하는 인과를 무서워하라 말한 것이니라."

"아!"

젊은 승려는 탄성을 내며 금오를 쳐다보았다.

"그리하면 큰스님께서 소림에 보내신 그 아이는……."

"짊어진 업이 워낙에 커서 받아야 할 죗값이 많이 남아 있는 것이지. 사주는 그저 태어난 당시에 지니고 있던 업의 결과에 지나지 않았음이니라. 하나 그 사주가 워낙 흉악하여 자신뿐 아니라 가족까지 망칠 운이었으니 나로서도 두고 볼 수가 없었구나."

금오가 나지막하게 한숨을 쉬었다.

"아아, 그러니 중요한 것은 육신이 어디에 있든 공덕을 쌓는 일이었거늘. 소림에 의탁하였다 한들 마땅한 공덕을 쌓지 않았다면 어떻게 업을 정화할 수 있었겠느냐. 소림에 있는 것과 집에 있는 것이 뭐가 다를 바가 있었겠느냐? 내 그 같은 일을 가벼이 여겨 친우에게 명확히 이르지 못하였으니, 그의 아비는 물론이고 친우에게조차 이 어찌 부끄러운 일이 아니겠느냐."

"큰스님……."

"내 그간 하늘의 기운을 읽으니 두어 해 전부터 갑자기 천기가 어수선하여졌느니라. 내가 진작 아이에 대한 이야기를 일러 두었다면 꾸준히 공덕을 쌓아 이 같은 일을 막을 수 있었을 터인데."

젊은 승려가 안쓰러운 얼굴로 말했다.

"그렇다면 그 역시 소림의 업이라 할 수 있지 않겠습니까. 자책하실 일이 아니옵니다."

"그래. 하지만 노력하여 바꿀 수 있는 일을 바꾸지 못한 자는 충분히 질책 받아 마땅한 법이란다. 그나마 걸음을 재촉한 것도 더 늦지 않았기를 바라는 마음에서일 뿐이지."

젊은 승려가 힘주어 말했다.

"걱정하지 마십시오, 큰스님. 소림사가 얼마 남지 않았습니다. 제가 끝까지 잘 모시겠습니다."

"그래. 그럼 이만 자리를 뜨자꾸나. 얼마 안 남았다고 마음을 놓았더니 갑자기 엉덩이가 무거워져 일어나기가 쉽지 않구나."

금오는 길게 한숨을 내쉬더니 젊은 승려의 도움을 받아 일어서서 길을 재촉했다.

소림이, 소림의 진산식이 머지않았다.

제8장

여자는 위험한 남자에게 끌린다

　예로부터 숭산은 오악(五嶽)을 대표하는 산으로 가장 신령한 산이었다.
　때문에 이곳 숭산에서 군주들이 중악의 산신인 천중왕(天中王)에게 제사를 지내며 나라의 평안을 기원하고 천명을 받드는 일은 중요 행사 중 하나였다.
　중악묘(中岳廟)는 그러한 산신제를 담당하는 사당이다.
　성벽처럼 정방형으로 높은 담을 세우고, 가운데에 여러 개의 문을 둔 후 좌우대칭을 이루도록 건물을 배치하였는데, 그 규모가 대단하였다.
　입구의 중화문(中華門)을 들어서면 요삼정(遙參亭), 천중각

(天中閣), 숭성문(崇聖門), 화삼문(化三門), 준극문(峻極門)에서 중악대전(中岳大殿)에 이르기까지 무려 삼 리 이상을 걸어야 했다.

 그 길을 걷는 도중에 양옆으로 보이는 전각만도 수십 채였다.

 서쪽 소실산에 불가 선종의 상징인 소림사가 있다고 하면 이곳 태실산에는 도가의 상징과 다름없는 중악묘가 있는 것이다.

 하지만 평소 드넓은 크기와 달리 조용하던 중악묘에 오늘만 유독 수많은 사람들이 몰려 있었다.

 중군도독부(中軍都督府)에서 중악묘를 방문한 것이다.

 중군도독이라 하면 정일품의 벼슬로 하남, 안휘, 호북에서만 무려 사십만 명 이상의 군사를 다스리는 군부의 최고 관료다.

 황제를 제외하고는 가히 무소불위의 권력을 가졌다고 해도 무방한 지경이다. 그의 말 한마디면 작은 현의 현령 정도는 순식간에 목이 달아날 수도 있었다.

 그러한 위엄을 과시라도 하듯 중화문 밖에는 수천 명의 군사들이 한 치의 흐트러짐도 없이 도열해 있다. 손에 든 창날이 번쩍거리며 온통 하늘을 꿰뚫을 듯하다.

 침묵이 금이라도 되는 양 수천 명이 있는데도 사위는 조용하기만 하다.

이윽고.

"분개(分開)!"

천호장의 명령이 떨어지기가 무섭게 군사들이 창을 들고 움직이기 시작한다.

착착 척척!

수천의 군사들이 기강 있게 파도가 좌우로 갈라지듯 양옆으로 나뉘어 시립했다.

곧 그 사이를 적색과 황색, 청색이 화려하게 어우러진 예복을 차려입은 노인과 비슷한 복장의 일남일녀 젊은이 둘이 천천히 걸어 나왔다.

수천의 군사들이 부리부리한 눈을 뜨고 무시무시한 창날을 번뜩이는데 조금도 주눅 들거나 위축되지 않은 모습이었다.

오히려 느긋하게 계단을 내려오며 담소를 나눈다.

밝은 예복을 입은 앳된 외모의 소녀가 작고 도톰한 붉은 입술을 옹알이며 칭얼거렸다.

"하아, 너무 지겹고 졸려서 죽는 줄 알았어."

머리에 쪽진 관을 쓴 다소 신경질적인 인상의 청년이 말을 내뱉었다.

"무슨 놈의 축문(祝文)을 반 시진이 넘도록 읽어! 내 눈치를 보면서 실실 웃던 그 도사 놈, 나중에 꼭 후회하게 해 주겠어."

소녀가 입을 내밀었다.

"에이, 그 정돈 아니다."

노인이 억지웃음을 지으며 말했다.

"그래, 일부러 널 골리려고 웃으면서 제를 지내는 도사가 있겠느냐."

청년은 화를 냈다.

"아, 그럼 숙부는 내가 거짓말을 한다는 겁니까?"

"그런 뜻은 아니고…… 아무튼 중악묘에 제를 올리는 것은 도독부의 중요한 일정이니까, 도독 대인께서도 꽤 신경을 쓰고 계시다는 것만 잊지 말아라."

"제기랄! 무슨 말만 하면 아버지를…… 알았어요, 알았다니까. 그래서 왔잖아요."

소녀가 함께 하품을 하며 글썽이는 눈으로 노인을 보며 말했다.

"근데 여긴 매년 와 봐야 볼 것도 없고 재미난 것도 없어요. 맨 절과 사당뿐이고. 차라리 중악묘가 항주에 있으면 얼마나 좋아? 서호에 뱃놀이도 가고 그럴 수 있을 텐데."

"허허! 중악묘는 중악에 있어야 중악묘가 아니겠느냐. 그래도 제를 무사히 잘 마쳤으니 놀러갈 수 있게 해 달라고 도독 대인께 부탁을 해 보마."

소녀가 샐쭉한 표정을 지었다.

"필요 없어요. 겨울이라 춥기만 하고 볼 것도 없단 말예요.

그냥 집에서 놀래요."

"허허, 그래. 그것도 좋겠지. 다른 것 필요한 건 없느냐?"

소녀가 눈을 깜박였다.

"아참, 나 그럼 그거 해 줘요."

"응? 뭐 말이냐?"

"그거, 서민들이 먹는 음식 먹고 싶어요. 왜 있잖아요, 꼬치구이라거나 속에 양고기가 들어간 만두라거나."

노인이 곤란한 얼굴을 했다.

"아무래도 그건 좀 어렵겠구나. 조금 번화한 마을까지 간다손 치더라도 족히 십 리는 가야 할 거다. 왜 그런 하찮은 음식을 먹겠다는 게냐."

"집에서는 못 먹게 하니까 그렇죠! 시비들이 먹는 걸 보면 엄청 맛있어 보였단 말예요. 그리고 어차피 가마 타고 갈 건데 뭐 어때요?"

소녀가 청년을 보고 졸랐다.

"오라비! 오라비도 그런 거 먹고 싶지?"

청년은 여전히 귀찮은 투였다.

"아, 네 마음대로 해. 난 그냥 가마에서 잠이나 자고 있을 거니까. 이따 친구들 만나러 나가려면 지금 자야 돼."

"그럼 가는 걸로 간주해도 된다는 거지?"

"맘대로 하라니까?"

소녀가 노인을 보고 반짝반짝 눈을 빛냈다.

"그럼 가요. 최고로 맛있는 서민적인 거 파는 데로."
"허어."
노인은 내키지 않는 표정이었다.

그도 그럴 것이, 삼천에 가까운 군사를 끌고 움직이는 것은 결코 쉬운 일이 아니었다. 작은 마을에 이런 군사들을 끌고 간다면 사람들이 놀라기도 놀랄 것이거니와, 그 이유가 단지 중군도독의 두 아들딸을 위해서였다고 하는 모양새도 좋지 않아서였다.

"흐음, 하지만 나는 아직 본청에 업무가 많이 남아서 거기까지 같이 가기가……."

소녀는 물러설 기미가 아니었다.

"그럼 우리끼리 갈 거예요."

청년이 연신 하품을 했다.

"나는 좀 빼 주라. 안 가도 되는 거면 안 가게."
"안 돼! 방금은 간다며!"
"허어어."

노인은 난감했다. 도독의 철없는 두 아들딸을 그냥 버려둘 수도 없고, 그렇다고 원하는 걸 들어주지 않자니 나중에 곤란한 꼴을 당할 수도 있었다.

그 때 갑옷을 차려입은 중년의 천호장이 노인에게 다가와 귀엣말을 했다. 노인이 약간 떨어진 곳으로 가 천호장과 이야기를 나누었다.

"제가 다녀오겠습니다."

"자네가?"

"군사 삼천을 다 데려간다는 건 제 생각에도 무리입니다. 하지만 대인의 입장상 도독 영랑(令孃)의 심기를 거스를 수도 없으니 제가 다녀오면 될 듯합니다."

"하지만 그렇게 되면 안전에 문제가 생길 수 있네. 특히나 요즘 같은 때엔……."

"제 휘하에 뛰어난 자들이 좀 있습니다. 그중에서 열 명만 경장(輕裝)으로 갈아입혀 가도록 하지요."

"열 명으로는 내 마음이 놓이질 않겠네. 백호장 둘을 붙여서 이백 명은 어떤가?"

"너무 많으면 외려 움직임이 둔해집니다. 그래봐야 고작 군것질하러 다녀오는 것뿐이잖습니까."

"그래도……."

노인이 하품을 늘어져라 하고 있는 청년을 힐끔 쳐다보았다. 가끔 사고를 치는 골칫덩이다.

"도독부가 있는 성내면 모르겠는데, 알다시피 이 부근이 이런저런 일로 시끄럽지 않은가. 얼마 전만 해도 무림인 수백 명이 칼부림을 했다고도 하고."

"흐음."

수백 명이 칼부림을 해서 병장기 번쩍이는 모습이 멀리서도 보였다는 소문은 천호장도 들은 적이 있었다.

여자는 위험한 남자에게 끌린다 267

"확실히 그 소문을 생각하니 마음에 걸리는군요."

"수하를 많이 데려가는 게 굳이 싸움을 위해서라고 생각하지 말게. 이쪽의 신분과 직위를 간접적으로 드러내서 괜한 싸움이 일어나는 것을 막는 역할도 한다네."

천호장이 갑옷을 철그럭거리며 가슴을 탕탕 쳤다.

"그럼 제가 특별히 키우고 있는 오십 명만 추려 데려가도록 하겠습니다. 한 명 한 명이 정예이고 일당백이라 능히 강호의 무뢰배들을 상대하고도 남습니다. 어차피 오랜 시간이 걸릴 일도 아니니 별일 없을 겁니다."

잠시 생각하던 노인이 고개를 끄덕였다.

"흠…… 그럼 그렇게 할까?"

"물론입니다. 마침 무공 교두도 함께 있으니 제가 아가씨를 맡고, 교두가 공자를 맡는다면 아무런 걱정이 없을 것입니다."

"그래, 그럼 잘 부탁하네."

그새를 못 참고 소녀가 노인을 소리쳐 불렀다.

"숙부우—!"

노인이 조금 밝아진 얼굴로 소녀의 부름에 답했다. 노인이 소녀의 옷을 가리키며 말했다.

"그래, 알았다. 하지만 그 전에 일단 편한 옷으로 갈아입도록 하자꾸나."

＊　　　＊　　　＊

 남들 다 놀고먹을 때 일을 하는 사람은 어딜 가나 있기 마련이었다.

 여기 불운의 남자가 불평하는 것도 그런 이유에서였다.

 "젠장, 나도 어디 가면 한자리 꿰찰 실력인데 여기서 이딴 잔심부름이나 하고…… 난 대체 뭐 하고 있는 거냐. 장주에게 맞아 죽을까 봐 그만두겠다는 말도 못 하겠고! 아휴! 기껏 비싼 술 먹고 벌써 다 깼네."

 양소은의 호위무사, 상달…… 현재는 그저 심부름꾼이 되어 버린 그였다.

 "역시 장주가 연화사태에게 뒈지게 얻어 터졌을 때 그만뒀어야 했어. 그랬으면 조용히 밀린 급료 받아서 잘 나갔을 건데, 망할."

 상달은 입이 댓 자나 나와서 끊임없이 불평을 쏟아 냈다.

 "누구는 이러고 있는데 누구는, 젠장."

 장건이 혹시나 사고를 칠까 두려워서 밖에서 기다리라 하고는 술을 사 왔다.

 한데 장건은 아무렇지 않은 듯 시장에서 가판에 놓인 패물 같은 것들을 구경하며 즐거워하고 있는 중이다. 그러다가 상달을 보고 손을 흔든다.

 "제기랄, 좀 봤으면 와서 좀 도와주든가. 무거워 죽겠는데."

한 이십여 걸음 정도니 별로 먼 서리도 아닌데 괜히 심통이 났다.

출렁출렁.

걸을 때마다 입구도 덮지 않은 항아리 안에 가득 채운 술이 출렁거렸다.

투덜거리던 상달은 문득 정신을 차렸다. 불평불만에 열중하다 보니 잠시 주위의 시선을 느끼지 못했던 듯했다.

정신을 차리고 보니 자신이 대로 한가운데를 걷고 있었고 양옆으로 늘어선 가게의 손님들이 죄다 자신을 쳐다보고 있었다.

"아, 맨날 보는 얼굴 뭐 그리 놀랐다고 쳐다들 보시나? 이거 참. 술을 너무 많이 샀나? 어차피 내 돈도 아니고 그렇게 술이 좋으면 아예 술독에 빠져서 죽어 버리라고 잔뜩 산 건데…… 하긴 내가 봐도 좀 과했지? 흐흐."

상달이 머쓱하게 웃었다.

상달은 양 손에 사람이 들어가고도 남을 만한 술동이를 하나씩 들고 등에도 노끈으로 묶어 짊어졌다.

그 양이 무려 다섯 말이다. 한 말 술이면 보통 사람은 취해서 일어나지도 못한다고 하니 엄청난 양이긴 했다.

상달은 혼자서 중얼중얼 거리다가 다시 정신을 차렸다. 사람들의 표정에 섞인 두려움과 의아함, 그리고 시선이 이제는 자신을 향해 있지 않다는 걸 알았다.

"어랍쇼?"

상달이 느릿느릿…… 천천히 뒤쪽으로 고개를 돌렸다.

"어? 어어오…… 이런."

자신의 뒤, 짐마차 두 대가 충분히 지나갈 수 있는 대로가 온통 사람으로 꽉 차 있었다.

그냥 사람들, 이라고 할 수도 없었다. 수십의 사내가 형형한 눈빛을 빛내며 절도 있는 자세로 서서 허리춤에는 칼을 차고 있었다. 가벼운 경장을 입었는데 머리에는 두건을 두르고 팔의 소매는 펄럭이지 않도록 사냥꾼들처럼 끈으로 묶었다.

무림인들은 펄럭이는 옷소매조차 무기로 쓰니, 굳이 동여매지 않는다. 차림새만 보아도 무림인은 아니라는 걸 알 수 있다. 게다가 차려입은 옷의 재질이 꽤 고급으로 보인다.

무엇보다 병장기를 드러내 놓고 휴대하는 일이 금지되어 있는 상황에서 그것도 단체로 버젓이 차고 다닌다는 건…….

'산적이거나 관원이거나. 둘 중 하나일 텐데, 소림의 앞마당에서 산적이 횡행할 리 없으니 관원이겠구만.'

요즘 같은 상황에서 관원과 마주쳐 봐야 좋은 일이 생길 게 없었다.

상달은 눈치를 보며 히히 웃었다.

"죄송합니다요, 죄송합니다."

상달은 잠시 항아리를 내려놓고 거푸 고개를 숙이며 사과했다.

오십 명이 넘는 관원들이 가야 할 대로 가운데를 자신이 떡하니 막고 있으니, 당연히 비켜 주려는 것이었다.

그런데 그 때 아주 귀찮은 투의 목소리가 들려왔다.

"귀찮게…… 그냥 치워 버려. 어떤 버러지가 감히 내 앞을 막아?"

목소리는 사내들의 뒤쪽 화려한 가마에서 들려온 것이었다.

"옛!"

당당한 대답소리와 함께 곧 한 사내가 앞으로 튀어나왔다.

"어어? 잠깐만요. 치우긴 뭘 치……"

사내의 걸음으로 보아할 때 상달을 힘으로 밀어내거나 발로 찰 게 분명했다.

허둥대며 다시 항아리를 들고 막 경신법으로 몸을 피하려던 상달은 잠시 고민했다.

들고 있는 항아리가 무겁긴 하지만 그의 무공이 어디 뒤떨어지는 것도 아니었다. 백 근짜리 철봉도 자유로이 휘두를 수 있는 그였다. 마음만 먹으면 발 한 번 굴러서 길가까지 뛸 수도 있었다.

그러나 상황을 생각해 볼 필요가 있었다. 과연 본신의 무공 실력을 드러내서 움직여도 되느냐, 마느냐 하는 문제였다.
 관부의 핍박이 심해지면서, 한때 강호에는 강호인을 위한 교양 서적이 유행했다.
 『관원들의 시비에 대처하는 우리의 자세』라는 작자 미상의 책이었다. 상달도 책의 내용에 감명받아 몇 번이고 탐독했었다. 그 책에서는 지금 같은 상황을 두고 이렇게 기술하고 있었다.

 하급 관리들은 항상 우리와 마주치는 실무자들이다. 그들은 강호의 생리를 잘 알기에 우리와 상생하는 법을 안다. 때에 따라 은자 몇 푼으로 편의를 봐주기도 한다. 따라서 그들과는 척을 질 필요가 없다.
 고위 관리들은 조금 다르다. 의외로 관부와 황궁만을 오가며 바쁘게 사는지라 우리와 마주칠 일이 없다. 혹여 마주치더라도 인재를 식객으로 들이고자 하는 경우가 많다. 예의바르고 정중하게 대한다면 오히려 작은 은자를 선물받기도 한다. 그러나 파벌에 민감하며 식객으로 들어가더라도 몇 년간 허송세월을 하게 되는 경우가 많으니 주의하라.
 사실상…… 우리가 가장 주의해야 할 것은 관부도 아니고 고위 관리나 황제도 아니다.
 왕후장상보다 두려운 건 바로 그들의 자녀들이다.
 그들의 변덕은 초봄의 날씨보다도 더하여 우리의 피를 말릴 것이며, 왕성한 호기심은 우리를 재주넘는 원숭이로 만들지니…… 고위 관리들은 그들의 자녀들이 관계된 일만큼은 아무리 가벼운 것도 결코 가벼이 흘려 넘기지 않는다.

 강호의 동도들이여, 반드시 기억하라!

 권력자가 자신의 목숨보다도 더 아끼는 그들의 철부지 자녀를 만났을 때에는 무조건 피하라. 피할 수 없다면 상대를 관찰하라. 상대가 어떤 의도로 시비를 거는지 파악하라. 그리고 그들의 관심에서 가장 먼 쪽으로 답을 택하라. 그것만이 형제를 위기에서 구할 것이다.

 재차 당부하노니! 지금은 그대의 무공이 아니라 연기력이 더 필요할 때인 것이다!

 상달은 감명 깊은 그 구절을 떠올리며 고개까지 끄덕였다.

 지금의 상황이 바로 딱 그 상황이다.

 가마 안에서 들려온 앳된 목소리가 아니었다면 상달은 별 고민 없이 옆으로 몸을 날렸을 터였다. 그러나 '권력자의 자제'인 듯한 목소리가 상달을 고민하게 만든 것이었다.

 이른바 상류층에서 귀하게 자란 고위 관료의 자제들은 자유롭게 살아가는 강호와 무림에 대해 막연한 호기심을 갖고 있다.

 때문에 기회가 되면 당연히 호기심을 충족시키려 한다. 워낙 버릇없이 자랐기 때문에 예의 따위는 찾아볼 수 없다. 책에서 기술한 것처럼 약장수의 원숭이 대하듯 하는 것이다.

자존심 강한 무림인들이 그것을 참아 낼 리 만무하다. 그러면 반드시 사건 사고가 생기고, 고위 관료들은 관력의 힘을 빌려 보복에 나서게 된다.

그 같은 일들은 주로 관에서 무림을 핍박하는 시대에 자주 생기곤 한다. 오죽하면 『관원들의 시비에 대처하는 우리의 자세』라는 책이 호평 속에 날개 돋친 듯 팔려 나갔을까.

'일단은······.'

상달은 사내가 다가오는 잠깐의 시간 동안 안력을 돋우어 책에 적힌 대로 그들을 관찰했다.

하나같이 태양혈이 불룩 솟아 있어 중수 급에 버금가는 사내들이 오십 명이었다.

'병사들인가 본데?'

그만한 인원을 데리고 있을 수 있다면 보통의 관부에서 나온 게 아니다. 그런 대단한 위용을 자랑하는 관부에서 나온 것치고는 작은 깃발 하나도 보이지 않는다.

공식적으로 나온 게 아니라 잠행, 혹은 사적으로 산책하듯 가볍게 나온 길이라는 뜻이다.

잠행이라면 잠행답게 소소하게 나올 것이지, 대놓고 무시무시한 병사 오십 명을 데리고 다니는 건 뭐냐? 하고 물을 수도 있겠지만, 그게 권력자들에게는 당연한 일인 것이다. 아무리 잠행이라도 하더라도 민초들과는 격이 다름을 은연중에 드러내고 싶어 하는 것이다.

'하여튼 싸가지 없는 애새끼들이야. 애들은 그저 뒈지게 패야 한다니까.'

상달은 고개를 돌려서 몰래 침을 퉤하니 뱉었다. 괜히 배알이 꼴려서 빈정대고 싶다.

하지만 시비가 걸려서 싸우게 된다면 무탈할 거라는 보장은 없다. 오십 명 사내들의 면면도 결코 만만하지는 않다.

특히나 군부의 병졸들은 체계적인 훈련을 받아서 상대하기가 껄끄럽다. 이쪽은 함부로 살수를 쓰기 어렵지만 저쪽은 여차하면 살인도 꺼리지 않을 거라는 불리함도 있다.

'에이, 그냥 한 대 맞아 주고 말자.'

상달이 결심하는 동안 바로 앞까지 사내 하나가 다가왔다.

"뉘 안전이라고 아직도 앞에서 얼쩡거리느냐!"

사내는 상달을 발로 차서 밀어내려는 듯 왼쪽 발에 힘을 주어 중심을 고정하고, 오른쪽 다리를 뒤로 뺀다. 허리가 앞쪽에서 뒤로 튕겨지는 것까지도 상달은 모두 보았다.

'아아, 이런 더러운 발에 맞아서 바닥을 굴러야 하나? 나 상달이 체면이 있지, 이런 허접한 놈에게 맞아서 구르진 못하겠다. 다리몽둥이를 확 부러트리고 난 다음에 튀고 만다.'

상달은 어떻게 될지 머릿속으로 계획을 다 세웠다.

그 때.

"잠깐만!"

무시무시한 사내들의 틈으로 귀여운 목소리가 들려왔다. 상달을 발로 차려던 사내가 몸을 움찔하며 멈추었다.

"응?"

상달도 맞아서 넘어지려는 연기를 준비하고 있다가 그만 어정쩡한 자세로 서 있게 되고 말았다.

청년의 목소리가 들려온 가마 말고도 그 옆의 또 다른 가마의 안에서 곱게 자란 티를 내는 소녀가 상체를 내밀었다. 소녀는 상달이 아니라 길가의 좌판을 손가락질하며 가리키고 있었다.

"나 저거 먹고 싶에! 저게!"

천편일률적으로 사냥꾼의 복장을 한 사내들의 틈에서 유독 다른 기운을 풍기는 건장한 중년인이 가마의 옆에 딱 붙어 있다가 손짓을 했다.

한 사내가 좌판으로 달려가서 아낙네가 팔고 있던 꼬치 여러 개를 한 움큼 집었다. 아낙네는 겁에 질려 부들부들 떨며 아무 말도 하지 못했다.

사내가 소녀에게 꼬치를 공손히 바치자 소녀는 '와아! 꼬치다, 꼬치야.' 하고 탄성을 지르며 받았다. 소녀가 양념을 입술에 묻혀 가며 꼬치를 한입 뜯고는 물었다.

"근데 돈은 안 줘도 돼?"

건장한 풍채의 중년인이 대답했다.

여자는 위험한 남자에게 끌린다 277

"상인들이 이렇게 편안히 장사를 할 수 있는 것도 다 도독대인의 크나큰 은혜와 보살핌 덕분입니다. 저들은 오히려 더 바칠 게 없나 하며 궁구하고 있을 것이니, 신경 쓰지 않으셔도 됩니다."

"그렇지? 우리 아빠가 잘 돌봐 주니까 장사도 할 수 있는 거지?"

"그렇습니다."

"그럼 나 저거도 먹을래. 저것도."

그 꼴을 보며 상달은 속으로 욕을 씨불였다.

'아, 좆같은 놈들이네. 뭐? 은혜? 하루 벌어 하루 먹고 사는 사람들 간을 빼 먹어라, 에이, 거머리 같은 새끼들.'

소녀도 얄미웠지만 소녀보다도 옆에서 부추기는 중년인이 더 치가 떨렸다.

그러나 당장은 그게 문제가 아니었다.

'응?'

소녀와 중년인 간에 오간 대화를 곰곰이 생각해 보니……
중간에 그들의 신분을 드러내는 말이 있었다.

'으헉! 도, 도독부?'

상달은 마른 침을 꿀꺽 삼켰다. 만약 자기가 꼬장을 부렸다면 어떻게 되었을지 상상만 해도 아찔했다.

그 때 상달을 발로 차려던 사내도 소녀가 자신에게 한 말이 아니라는 걸 알고 다시 상달을 보았다.

"이 자식이, 아직도 있네? 안 꺼져?"

상달은 자기도 모르게 욱해서 눈에 힘을 주었다. 사내를 노려보며 외쳤다.

"꺼져 드릴겝쇼!"

"……응?"

"아?"

자기가 생각해도 이상한 말이었다. 중년인의 행동에 기분이 나빠서 저도 모르게 말이 헛 나온 모양이었다.

나름 고수인 상달의 기세에 잠시나마 눌렸던 사내의 얼굴이 붉으락푸르락해졌다.

"이, 이놈이!"

"헤헤헤, 죄송합니다요, 나으리. 요놈의 입이 그저 방정이라."

"이놈이 누굴 놀려!"

사내가 힘껏 발을 쳐들었다. 상달은 입맛을 다시며 그 모습을 쳐다보았다.

모든 것이 『관원의 시비에 대처하는 우리의 자세』라는 책에 나온 그대로의 조건이었다. 지금 필요한 것은 무공이 아니라 연기력이었다.

'아, 망했다. 등에 멘 항아리는 깨지면 찔리니까 앞으로 안고, 다른 두 개는 그냥 어쩔 수 없이 던져서 깨트려야겠구만. 그리고, 아이구아이구 하면서 울다가 꺼지라고 하면 도망가

야지. 어차피 내 돈 주고 산 것도 아닌데, 아깝지도 않다.'

퍼—억!

그새 사내의 발바닥이 정확하게 상달의 안면을 강타했다.

"어이쿠우!"

있는 대로 비명을 지르긴 했으나 힘을 흘려 맞았으니 당연히 아플 리도 없고 그저 기분만 나쁠 뿐이다.

'짜증나는구먼. 왜 이렇게 기분이 찝찝해? 이 자식 혹시 똥이라도 밟았던 거 아냐?'

상달은 날아가는 척하며 등에 멘 항아리를 앞으로 돌려 안고, 다른 두 항아리는 발로 차거나 손으로 밀어 하늘로 날렸다.

"어어어어!"

쿠당탕탕

상달은 바닥으로 자빠졌다.

누가 봐도 아주 훌륭한 연기였다. 스스로도 매우 흡족스러웠다. 발로 찬 이에게는 '내 힘이 이렇게 셌었나?' 하는 뿌듯함을, 그리고 지켜보는 이에게는 '불쌍하다'는 안쓰러움을 동시에 충족시켜 주는 연기력이었다.

이제 어이구, 하고 우는 일만 남았다고 생각한 순간이었다.

공중에서 두 개의 항아리가 막 빙글거리고 돌면서 떨어지려 하고 있었다.

하지만 와장창 소리는 들려오지 않았다.

휘익.

상달의 몸을 검은 그림자가 뒤덮었다. 날렵한 매처럼 뛰어오른 무언가, 아니, 누군가가 있었다.

"와!"

사람들의 함성 소리가 들려왔다.

그는 항아리를 잡아채어 안의 술이 흘러 넘지 않도록 고정시킨 후 항아리가 도는 힘을 받아 내느라 공중에서 세 번이나 회전했다.

그러고는 땅에 착지하는데 그 무거운 항아리를 손으로 잡은 것도 아니고 손등 위에 올려두고 있었다. 제자리에서 빙글빙글 돌면서 양팔로는 따로 원을 그리며 돌리면서 춤을 추듯 한다.

미끄러지듯 항아리 하나를 땅에 내려 두고 항아리의 주둥이 위로 뛰어 올라가 앉는다.

앉아서도 빙그르르 돌며 다른 항아리를 훌쩍 위로 올렸다가 원을 그리며 내리면서 품에 안는다. 그러더니 표주박을 들고 있는 항아리에 담가 술을 퍼 마셨다.

꿀꺽꿀꺽.

항아리에는 보는 이마저 놀랄 정도로 술이 가득 차 있었다. 항아리를 이리 돌리고 저리 돌리는 동안에 단 한 방울의 술도 흐르지 않았던 것이다.

"이야……."

사람들이 탄성을 지르는 소리가 연이어 들려왔다. 그리고 그것은 가마 밖으로 몸을 내밀고 있던 소녀도 마찬가지였다.

소녀는 귀여운 눈을 똥그랗게 뜨고는 입을 멍하니 벌리고 그 광경을 보고 있었다.

소녀가 정신을 못 차리고 항아리 위에 날렵하게 앉아 있는 그를 보며 손가락질을 했다.

"와아! 와!"

소녀가 낭랑한 목소리로 외치는 걸 들었는지, 장건은 소녀 쪽을 보았다.

그리곤 소녀를 보며 손을 흔들었다.

"안녕?"

그 순간 상달은 머릿속으로 수만 가지의 생각을 했다. 그러나 입 밖으로 튀어나온 말은 단 한마디뿐이었다.

"좆 됐다."

* * *

당장에 소녀가 탄 가마의 옆에 있던 중년인이 노해서 고함을 질렀다.

"무엄한 놈! 감히 뉘 앞에서 경솔하게 입을 놀리느냐!"

장건은 어깨를 으쓱했다.

"그런가요? 난 아까운 곡차를 버릴 것 같아서 그냥 받은 것뿐인데요."

중년인의 얼굴에 더 노기가 깃들었다.

"여봐라! 뭣들 하느냐! 저 건방진 놈을 당장 데려다 꿇리거라!"

장건은 조그맣게 딸꾹질을 하더니 입을 삐죽 내밀었다.

"왜요? 내가 뭐 잘못했나?"

"저, 저 조그만 놈이? 뭣들 하고 있어!"

중년인의 시퍼런 호통에 사내들이 재빨리 장건에게 달려갔다.

장건이 왜소해서 나이에 비해 어려보이긴 했으나 방금 실력을 본 터라 사내들은 방심하지 않았다. 아무리 자신들이라 할지라도 술이 가득 찬 항아리를 한 방울도 흘리지 않고 들었다 놨다 할 자신은 없었다.

돌연 소녀가 끼어들었다.

"잠깐, 잠깐."

소녀는 중년인, 천호장이 반응을 보이기도 전에 장건에게 물었다.

"그것도 무공이라는 거니?"

"응."

고귀한 신분의 소녀에게 반말을 아무렇지 않게 내뱉는 장건 때문에 천호장은 콧김을 뿜어내며 씩씩거렸다.

"아가씨는 잠깐 계십시오. 내 저놈을……."

"저렇게 어린 애가 어떻게 무공을 할 줄 알죠? 무거운 항아리를 들었다 놨다 하는 걸 보니까 흔히 말하는 고수? 그런 건가요?"

소녀는 옆의 가마를 지키고 선 또 다른 중년인에게 물었다. 그는 도독부의 무공 교두로 무술 교관과는 달리 몇몇 특출한 실력의 병사들에게만 강호의 무공을 가르치고 있었다.

"고수…… 라고는 할 수 없습니다."

그러자 그 가마에서 청년이 고개를 불쑥 내밀었다.

"무슨 말이야? 뭔데 시끄러워?"

소녀가 대답했다.

"응. 내 또래의 어떤 애가 무공을 하고 있어."

"무공? 그런 건 여기 우리 교두도 하잖아."

"하지만 항아리를 빙글빙글 돌렸다가 들었다가 놨다가 막 그러는 건 본 적이 없는걸?"

무공 교두가 조금 탐탁찮은 얼굴로 답했다.

"저런 잡기(雜技)는 무공으로 쳐줄 수도 없습니다. 제가 어찌 하류배들이나 할 법한 잔재주를 부리겠습니까."

"그렇구만. 우희야, 별거 아니란다. 그냥 치우고 가던 길이나 가자."

소녀, 우희가 실망한 얼굴을 했다.

"하지만 오라비도 봤어야 해. 되게 신기했어. 저 조그만 애가 그랬다니까?"

"그래?"

우희의 오빠인 청년 우찬이 갑자기 지루하던 표정에 생기를 띠었다.

"그럼 보면 되지."

우찬이 가마 안에서 장건을 보고 말했다.

"이봐. 방금 한 걸 한 번 더 해 봐라."

장건이 딸꾹질을 하며 되물었다.

"흐응? 뭘?"

우찬의 얼굴이 씰룩거렸다.

"하찮은 재주가 있다고 시건방진 놈이군. 혀를 뽑아야 정신을 차릴 테냐?"

우찬의 말을 듣는 순간 장건의 표정이 묘하게 일그러졌다. 웃는 것도 아니고 화를 내는 것도 아닌 기묘한 표정이다.

상달은 이제껏 그런 장건의 표정을 본 적이 없었다. 그러나 장건에게서는 못 봤지만 다른 데서는 많이 봤다.

주로 술 취한 사람들끼리 시비가 붙는 경우에 볼 수 있는 표정이었다!

'아…… 좆 된 걸로도 부족해서 그것보다 더 큰 좆이 닥칠 것 같은 불길한 예감이 든다.'

상달은 얼굴을 가리고 슬금슬금 뒤로 물러섰다. 사람들

틈으로 숨으려는 것이었다. 일단 나중에 끼어들게 되더라도 지금은 모른 척해야 할 것 같았다.

장건은 하늘로 고개를 들었다가 밑으로 떨어뜨리며 크게 한숨을 내쉬었다.

"푸하아아."

고개를 떨어뜨린 채로 중얼중얼 거리는 장건이었다.

"왜…… 자꾸 뭘 자른다 그러고 뽑는다 그러는 거지?"

아무 생각 없이 내뱉은 우찬의 말이 장건의 아픈 부분을 건드리고 있었다.

상달은 귀에 내력을 집중해서 장건의 혼잣말을 들으려 애썼다. 가슴이 다 조마조마했다. 도독부 사람들의 표정을 보니 지금 나서서 말린다면 자기까지 싸잡아 휘말리게 될 것 같았다.

사십만 군사를 거느린 당대 최고의 군부!

거기에 쫓길 걸 생각만 해도 끔찍하다.

'젠장! 그러니까 왜 장 소협에게 술을 먹인 거냐고!'

하긴, 애초에 분공산을 먹일 작정으로 술에 취하게 만들 셈이었으니 취하지 않았다면 그게 더 잘못된 것일 수도 있었다.

'그러면 분공산이라도 똑바로 먹이든가! 저게 뭐야, 저게! 어디서 불량을 사 와서는!'

장건은 손에서 뭔가를 굴리고 있었다.

또독 또독.

상달은 안력까지 돋우어 그게 무엇인지 보고 있었다. 바로 항아리의 테두리였다. 항아리의 테두리를 무슨 화선지 찢듯 조금씩 똑똑 떼어서 손에서 부서뜨리고 있는 것이다. 당연히 보통 사람은 할 수 없는 짓이다.

장건이 분공산 때문에 내공을 제대로 제어하지 못한다면 저런 짓을 할 수 있을 리가 없잖은가? 게다가 평소의 장건이라면 멀쩡한 항아리의 테두리를 부수는 아까운 짓은 절대 할 리가 없었다.

그것은 결국…… 술 때문에 인성은 더러워졌는데 내공은 제대로 쓰고 있는, 아주 위험한 상태를 의미하고 있는 것이다!

술은 조절할 줄 모르면 군자도 불한당으로 만든다고 했다. 가슴에 맺힌 울분이 많은 사람일수록 술 때문에 사고를 칠 확률이 크다.

그렇지 않아도 가뜩이나 워낙에 가슴속에 맺힌 게 많았던 장건인데 술의 힘을 빌려 그것을 폭발시키기라도 한다면…….

상달은 생각만 해도 아찔했다. 도저히 장건을 막을 자신이 없었다.

'아, 진짜 미치겠네. 왜 하필이면 도독부가 여기에 나타난 거지?'

도독부가 나타난 것도 이상하지만, 장건의 상태도 이상했다.

 입으로야 오황이 불량을 가져와서 그랬다 불평하고 있지만, 오황이 그런 실수를 할 리가 없다.
 그러니까 결국 장건이 분공산을 해독해 냈다는 의미인데…… 상달은 그게 사실상 거의 불가능하다는 걸 알고 있었다.
 '망할 사부가 산공독이 아니라 분공산을 쓴 것도 장 소협이 독선의 독정을 품고 있다는 걸 아니까 일부러 그런 거잖아.'
 산공독을 쓰면 어지간한 무인은 당연히 당하겠지만, 오황 같은 경지에서는 잘 당하지 않는다. 내공 자체가 워낙 정순하고 깊어서 내공을 흩어 버리기가 쉽지 않다.
 또 그 정도쯤 되면 몸에 이상이 생기는 순간 부분 폐맥을 해서 독이 퍼지는 걸 막을 수 있다.
 거기에 독정을 품은 장건이라면 독정 자체의 힘만으로도 산공독을 무마시킬 수 있는 것이다.
 그런 조건들을 모두 고려했을 때, 오황은 차라리 도박에 가까운 산공독을 쓰느니 술과 분공산으로 내공을 제어하지 못하는 정도에 그치게 만드는 것이 훨씬 안정적이라는 결론을 내렸을 터였다.
 분공산은 독이라기보다는 주의력을 분산시켜서 섬세한 기의 운용을 방해하는 일종의 환각제에 가깝기 때문에 독정으로도 해소하기 어려운 것이다.

하나 결과적으로 오황의 계획은 실패했다.

장건은 아주 능수능란하게 내공을 쓰고 있었다.

수법은 평소와 다른데 분명히 내공을 쓰는 데에는 무리가 없었다.

'생각할수록 희한하네. 망할 사부가 인간성은 좀 그래도 요런 거는 계산을 딱딱 잘하거든. 근데 장 소협은 무슨 수로 내공을 제어하고 있는 거지? 그것도 저렇게 술에 잔뜩 취해서?'

곰곰이 생각해 보니 장건의 비틀거리는, 그러면서도 현기가 깊어 보이는 몸동작들이 어디에선가 본 기분이 든다.

'왜 기억이 날 듯 말 듯 하냐. 오히려 술을 마시면 내공 운용이 더 원활해진다는 수법이 있다고 들은 것도 같은데…… 그게 뭐였더라?'

상달은 가물거리는 기억을 애써 떠올리려 하다가 퍽 하는 소리를 듣고 깜짝 놀라 상념에서 깨어났다.

"응?"

상달은 놀라서 눈을 휘둥그레 떴다. 분명히 누군가 맞는 소리였다.

상달이 급하게 눈을 들어 상황을 살폈다.

다행이라고 해야 할까?

때린 건 장건이 아니었다. 한 사내가 다가와 장건의 **뺨**을 후려친 것이었다.

장건의 고개가 휙 돌아가 있었고 취해서 벌겋게 된 뺨이 더욱 붉게 달아올라 있었다. 하마터면 앉아 있는 항아리 위에서 떨어질 뻔 휘청하기도 했다.

"공자님이 말씀하신 것도 듣지 못했느냐? 방금 부린 재주를 다시 해 보란 말이다."

사내가 윽박질렀다.

상달은 안도의 숨을 내쉬었다.

'아아, 다행이다!'

장건이 저 사내의 주먹을 피하지 못한다는 건 말이 되지 않는 노릇이다. 그렇다는 건 참기 위해서 일부러 맞아 주었다는 얘기다.

'조금만, 조금만 더 참으면 된다고 장 소협! 힘내!'

그러나 장건은 계속 참을 생각이 없는 것처럼 보였다. 고개를 들어서 사내를 노려보았다.

야생의 눈빛.

딱 사춘기 때 부모에게 반항하는 자식의 눈빛!

그리고 공력을 끌어 올리느라 스리슬쩍 치솟아 오르는 옷깃!

흠칫!

사내도 심상치 않은 분위기를 느낀 듯했다.

"놈!"

사내는 자기도 모르게 태양혈이 불룩 튀어나올 정도로 힘을 주어 장건의 반대쪽 뺨을 주먹으로 치고 말았다.

장건은 주먹이 날아오는 것을 알면서도 사내를 노려보기만 했다. 물론 장건이라면 맞기 직전에 되레 때릴 수도 있……

퍽!

상달의 생각이 무색하게 장건의 목과 어깨와 허리 전체가 차례로 돌아가더니, 장건은 너풀너풀 실이 끊어진 연처럼 날았다.

사람들이 안타까운 함성을 질렀다.

"저런……"

쿠당탕탕.

장건은 하필이면 상달의 앞까지 날아와 굴렀다.

사람들 다리 사이에 숨어 몸을 움츠리고 있던 상달과 장건의 눈이 마주쳤다.

꿈벅꿈벅.

상달이 전음으로 말을 걸었다.

[자, 장 소협. 참아요, 참아.]

꿈벅꿈벅.

어찌나 세게 맞았는지 장건의 코에서 코피도 흐르고 있었다. 광대뼈는 벌써 시퍼렇게 부어올랐다.

어지간한 외공의 고수만큼 훈련을 한 군부의 병사였다. 맘

먹고 때렸으니 장건이 보통 아이였다면 뼈가 깨졌을지도 몰랐다.

하지만 의아한 것이, 장건이 왜 그것마저도 그냥 고스란히 맞아 주었느냐 하는 것이었다. 적당히 힘을 흘려서 덜 아프게 맞는 건 굳이 내공까지 안 써도 충분히 할 수 있는 일이었다.

[아니, 대충 맞아 주는 척하지 뭐 하러 그렇게까지 실감나게 해요? 아프겠구만.]

상달의 전음에 장건이 조그만 소리로 투정을 부리듯 대답했다.

"원래는 막을 거였는데요, 딸꾹."

[아무것도 안 했는데 어떻게 막아요? 안 때릴 줄 알았다는 것도 아니고……]

상달이 보기에 장건은 손 하나 까딱하지 않았다.

'막으려고 했는데 내공 조절이 안 돼서 못 막았나?'

사실 장건은 무의식적으로 기의 가닥을 이용해서 주먹을 막으려 했었다. 하지만 분공산의 효과가 남아 있어서 섬세하게 내공을 운용하는 게 불가능했다.

몸 안의 기를 밖으로 내보내 조종하는 건 굉장한 집중력이 필요한 일이었다. 그게 안 되니 그냥 얻어맞고 만 것이다.

"아프다."

눈을 끔벅거리며 장건이 코를 문질렀다. 그것도 기의 가닥으로 하려다 안 되니 직접 손으로 했다. 손가락에 피가 묻어났다.

"……화난다."

상달은 필사적으로 장건을 말렸다.

[참아요, 참읍시다. 지금은 참을 때요, 장 소협. 일단 심호흡을 좀 하고.]

장건은 상달이 시키는 대로 심호흡을 했다.

"후우후우……."

[그렇지, 잘 하고 있어요, 잘 하고 있어.]

가마에서는 우찬이 실망했다는 투로 짜증을 부렸다.

"아아, 별것도 아닌 놈 때문에 아까운 시간만 낭비했잖아. 하여간 미천한 것들은 주제를 모른다니까, 쯧."

우찬의 눈빛은 딱 길에 기어가는 개미를 보는 그 이상의 감정은 담겨 있지 않았다. 딱히 벌을 주어야 한다거나 한다는 필요도 느끼지 못할 만큼 하찮게 생각하는 것이었다.

우희는 그래도 자빠진 장건을 보고 불쌍하다는 표정을 지어 보였다.

"안됐다. 그러게 왜 고수인 척했니. 생긴 건 착해 보이던데."

우찬이 가마를 짊어진 가마꾼들에게 명령했다.

"가자!"

"예!"

사내들이 우렁차게 대답했다.

그리고 장건을 쳤던 사내는 당연히 길 가운데에 고스란히 놓여 있는 술항아리 두 개를 치워야 할 위치였다. 사내는 항아리를 발로 차서 밀어 버리려 했다.

"에잇, 이까짓 것으로 감히 공자님의 행차를 막아서다니!"

동시에 상달의 앞에서 바람 한 줄기가 휙 하니 일었다. 상달은 엄청난 반사 신경으로 바람을 잡으려 했지만 실패하고 말았다.

'더 빨라졌어!'

장건이 누워 있던 자리에는 작은 핏방울 하나만 달랑 떨어져 있을 뿐이었다.

"오오!"

"오오옷!"

곧바로 사람들의 함성 소리가 들린다. 보지 않아도 무슨 일이 생겼는지 알만했다.

장건을 때렸던 사내는 보란 듯이 힘껏 발길질을 했다.

그러나 그의 발길질은 힘차게 허공을 갈랐다. 바로 앞에 있는 항아리도 찰 수 없었다.

부—웅!

사내의 시선이 하늘에 닿았다.

항아리가 아니라 하늘에 떠 있는 하얀 구름이 보인다.

"응?"

이어, 사내는 둔탁한 충격을 느끼고는 순식간에 혼절해버렸다.

쾅!

한 다리를 앞으로 내민 자세 그대로 바닥에 누워 버린 것이다.

부르르르.

사내가 치켜든 떨리는 다리의 오금을 장건이 잡고 있었다.

"내 곡차야!"

그 모습을 본 상달은 말을 잃었다.

'아……'

상달은 탄식했다.

왜 미처 생각하지 못했을까?

아까도 같은 상황이 똑같이 있었는데.

먼저 달려가서 술항아리라도 챙겨올걸.

이런 일이 벌어질 걸 뻔히 예상할 수 있었는데.

무엇보다 상달을 괴롭게 한 것은 다음에 이어진 낭랑한 외침이었다.

"거봐, 내 말 맞잖아! 쟤 무림 고수라니까?"

가장 문제가 된다던 고위 관리의 자녀들, 그중 우희의 목소리였다.

상달은 크흑, 하고 눈물을 삼켰다.

당연히 이어서 천호장의 분노가 담긴 고함 소리가 쩌렁거리고 울렸다.

"감히 도독부의 군병을 건드리다니! 그러고도 네놈이 무사할 수 있을 것 같으냐!"

이젠 대놓고 도독부란 말까지 나왔다.

삐질.

이마에 진땀이 난다.

이렇게 되면 더 이상 일을 무마시킬 수는 없을 것이다.

작은 관부도 아니고 중군도독부를 건드린 이상 그게 설사 소림이라도 돌이킬 수 없게 되고 만 것이었다.

사십만의 군사를 부리는 중군도독부……

가만히 있어도 현기증이 났다.

제9장

원시천존—온!

우르르르!

사내 다섯이 장건을 향해 달려들었다.

무인 특유의 가볍고 날랜 걸음이 아니라 위압적이고 단단한 직선적인 보행이다. 어지간한 중소 문파의 무인들은 그들의 기세에서부터 질려 버릴 듯했다.

사십만의 중군도독부 휘하 병졸들 중에서도 특히나 실력이 출중한 이들이었다. 도독의 자녀를 호위하는 임무는 아무나 맡는 게 아니라는 걸 보여 주듯 몸놀림이 민첩했다. 평소 전장에서 무거운 갑옷을 입고도 뛰어다니던 이들인데 경장을 입어 가벼우니 그 속도가 한층 빨랐다.

눈 깜짝할 사이에 다섯 사내가 장건을 포위했다. 장건보다 머리 두 개는 더 큰 건장한 사내들이었다.

그렇다고 장건이 무서워할 리는 당연히 없었다.

"딸꾹, 내 곡차를 뺏으려고!"

다섯 사내들이 인상을 찌푸렸다.

"뭐야, 이놈."

"취해 있잖아."

"뭐야, 이 아저씨들. 뭐가 취했다는 거야?"

"너 인마! 네!"

"헹."

그들이 무슨 말을 하건 장건은 습관적으로 사내들의 전신을 훑었다. 시야를 원형으로 만들어 주변의 풍경을 한눈에 담는 안법은 일단 몸에 익혀지면 내공을 쓰지 않아도 가능한 수법이다.

그러나 위기를 보는 장건만의 수법은 내공을 끌어 올려야만 가능하다. 지금은 내공을 마음대로 다룰 수 없어 안력을 돋울 수가 없으니 사내들의 위기가 보이지 않았다.

'에이, 씨!'

싸울 태세를 하니 내공은 벌써 자연스럽게 돌고 있다. 역시나 내공이 순환하는 경로가 일반적이지 않다. 장건은 내공이 원하는 데로 돌도록 내버려 두었다.

부글부글.

순식간에 장건의 얼굴이 새빨개졌다. 부어서 빨개진 정도가 아니라 전체가 빨갰다.

내공이 쌩쌩 돌기 시작하면서 취기가 확 올랐다. 아무래도 익숙하지 않은 이 운공법에 무언가 이상한 효용이 있는 듯했지만, 장건은 그것까지는 알 수 없었다.

그저 예전에 오황이 보여 줬던 보법에서 기인한다는 것만 기억할 뿐이었다. 당시에는 워낙 허술할 정도로 군더더기가 많아서 별로 마음에 들지 않았던 수법이었다.

어쨌든 그거야 그거고, 지금 당장은 자신을 공격하는 사내들을 상대하는 게 우선이었다.

'딸꾹.'

기의 가닥을 움직이는 법을 익혔는데 못 쓴다는 게 억울할지도 모르겠지만, 다른 방법을 써야만 했다.

그 때.

"무릎을 꿇어라!"

사내 하나가 아예 장건의 다리를 분지르겠다는 듯 무릎을 차 왔다. 평소 같으면 아주 살짝 피하거나, 피하는 것보다 빨리 상대의 위기를 파괴해 날려 버렸을 터였다.

하지만 그렇게 세세한 움직임을 하는 것도 불가능했고 위기도 안 보이는데 어쩔 수 없는 노릇이다.

"나 진짜 이러기 싫은데 아저씨들이 먼저 나 때린 거다?"

장건이 혀 꼬인 투로 말하며 발차기를 피하려 몸을 틀었다.
 휘청!
 장건의 다리가 힘이 풀린 것처럼 꺾어서 넘어지다시피 했다. 사내의 발차기가 빗나갔다.
 다른 사내가 엄지와 검지를 구부려서 독수리의 부리처럼 장건의 목덜미를 죄어 왔다. 장건은 넘어지다시피 한 자세에서 상체를 뒤로 젖혔다.
 파팍.
 강렬한 바람 소리와 함께 장건의 머리카락을 사내의 손이 스쳐 간다.
 또 다른 사내가 달려오며 크게 걷어찼다. 장건은 오히려 그의 정강이를 밟고 뛰어올랐다. 훌쩍 뛰어올라 사내의 뒤로 공중제비를 넘어 돌아갔다.
 "이, 이런!"
 마치 솜을 찬 것 같은 느낌에 사내가 당황했다.
 네 번째 사내가 주먹으로 장건의 등을 쳤다. 장건이 엉덩이와 상체를 반대 방향으로 꺾었다. 사내의 주먹이 여지없이 허공을 쳤다.
 흔들흔들.
 장건이 피하는 몸짓이 괴상하리만치 흐느적거렸다. 딱딱하던 몸놀림과는 정반대였다. 그러면서도 모든 공격을 다 피해 내고 있었다.

"아유, 어지러워. 힘들긴 또 왜 이렇게 힘들어. 역시 많이 움직이는 건 힘들어."

장건이 가볍게 한숨을 토해 냈다.

그 틈에 한 사내가 와락 장건을 껴안았다. 아니, 껴안으려 했다.

장건은 움직여 피하는 것도 귀찮아져서 사내의 오른손 손목을 가볍게 틀어 챘다. 이미 태극경이 경지에 올랐는데 거기에 취팔선보의 부드러운 경력이 더해졌다.

장건이 팔을 뒤로 쭉 빼면서 손을 놓은 순간, 사내는 장건에게 딸려 오다가 미끄러진 것처럼 두 다리를 하늘로 솟구치며 한 바퀴를 돌았다.

꽝.

거꾸로 머리를 박은 사내는 큭 하고 짧은 신음 소리를 내뱉으며 혼절했다.

"쩝, 아프겠다. 그르게 왜 그래써요."

쉬익.

예리한 파공음과 함께 팔꿈치가 장건의 머리통으로 떨어졌다. 눈 깜짝할 사이에 뛰어오른 사내가 장건의 머리를 공격한 것이다.

장건은 손을 위로 뻗어서 팔꿈치를 받았다.

투—웅.

부드러운 밀가루 반죽이 눌리듯 장건이 찌그러진다 싶더

니, 오히려 사내가 폭발적으로 튕겨졌다. 공중에서 옆으로 뱅그르르 돌다가 바닥에 떨어져 구른다.

이번엔 뺨으로 묵직한 발차기가 날아들었다.

"귀차느!"

손을 움직이는 것도 귀찮았다. 목이 꺾일 정도로 강렬한 발차기의 위력이 장건을 압박했지만, 장건은 그냥 뺨으로 받아 냈다.

뺨에 발이 닿은 채로 장건의 몸이 휘청하며 버드나무처럼 휘어졌다. 발을 전혀 움직이지 않은 채 허리는 작은 원을, 상체는 커다란 원을 그렸다.

발차기를 날린 사내는 누군가 그의 발을 잡아서 던져 버린 것처럼 한 바퀴를 돌아서 날아갔다.

"크악!"

순식간에 다섯 명의 건장한 사내가 바닥을 구르고 있었다.

"후아암, 아저씨들 미안."

장건은 하품까지 했다.

"근데 나는 인제 가야게따. 그니까 괜히 사람 괴롭히지 마요."

장건이야 순수하게 가려는 생각이었겠지만, 누군가에겐 도발일 수도 있었다.

천호장은 순순히 장건을 보내 줄 생각이 없었다. 화가 머리끝까지 솟구친 천호장이 소리쳤다.

"나라의 녹을 먹는 관리를 해치다니! 이 역적 놈을 가만두지 않으리라!"

챙!

천호장이 칼을 뽑아 들었다.

채채챙!

그의 말이 끝나기가 무섭게 사내들 모두가 칼을 뽑아 들었다.

"역적!"

지켜보던 사람들이 혼비백산하여 사방으로 흩어졌다. 거기에는 상달도 포함되어 있었다. 다른 것도 아니고 역적이란 누명을 쓰게 되면 삼족, 아니, 구족이 참수형감이다.

'더러운 놈들! 지들이 시비를 걸어 놓고 무슨 역적 운운이냐!'

병사들을 관리라고 하기엔 애매하지만 어쨌든 말단이래도 나라의 녹을 먹는 관리는 관리인 것이다. 관리를 건드렸으니 역적으로 몰아도 일단은 할 말이 없었다.

우찬은 손뼉을 치며 좋아했다.

"호오, 이제야 재밌어지겠어."

번쩍거리는 칼날을 보는 장건의 표정이 점점 찡그려졌다. 무서워서가 아니라 화를 내는 표정이었다.

장건의 눈에는 칼을 든 사내들이 소림사에서 난동을 부리던 무인들과 겹쳐 보였다.

고생해서 해 달라는 것도 해 줬더니만 오히려 성을 내는 그들의 모습이었다. 그 사건으로 홍오도 크게 다치고 방장 굉운도 사경을 헤맬 부상을 입었다.

그때의 상황과 겹쳐져서 감정이 치밀었다.

"진짜! 내가 뭘 잘못했다구!"

피해 의식이 잠재되어 있던 장건의 내면에서 울컥하고 숨겨진 폭력성이 튀어나왔다.

장건은 휘청거리는 걸음으로 사내들에게로 다가갔다. 술에 취한 사람처럼 갈지자의 걸음이었지만 속도는 엄청났다. 순식간에 서너 장을 격하고 사내들의 앞에 다가온 장건이었다.

"헛!"

설마하니 장건이 먼저 달려올 줄 몰랐던 사내들이 대경실색해 전열을 갖추었다.

훈련을 받은 병사들이 이런 경우 가장 먼저 하는 것은 귀인을 보호하는 것이다.

"가마를 보호하라!"

칼을 든 사내들이 일렬로 늘어서서 겹겹으로 장건의 앞을 가로막았다.

장건은 딱히 달려가서 무언가를 해야겠다는 목표는 없었다. 화가 나서 따지려고 한 정도였지만 이미 그 전에 위협을 느낀 사내들이 먼저 공격을 하고 말았다.

쉭!

예리하게 벼린 칼날이 장건에게 떨어졌다. 물러서라는 위협용이었으나 그 안에는 충분한 살기도 담겨 있었다.

이미 전장에서 날고 긴 병사들이었다. 사람을 몇이나 베어 본 경험도 있어서 칼을 쓰는 데에 망설임이 없었다.

장건이 손을 뻗어서 머리 위로 떨어지는 칼날의 옆면을 손가락으로 눌렀다.

칼날은 일부러 장건을 피해 친 것처럼 장건을 스쳐 가서 바닥을 찍었다.

쨍!

헛손질을 한 사내는 칼이 부르르 떨려서 칼을 놓칠 뻔했다.

"큭!"

답답한 신음성과 함께 사내가 찢어진 손아귀를 붙들고 뒤로 물러섰다.

"보통 놈이 아니다!"

"전열을 갖춰라!"

명령이 떨어지자 기다렸다는 듯 사내들이 장건을 겹겹으로 둘러싸서 공격을 해 왔다. 체계적으로 훈련을 받은 정예병들답게 치밀하고 조직적이었다.

세 명이 앞에서 칼질을 하고 두 명이 옆에서 보조한다. 그리고 뒤쪽에서는 장건이 물러나지 못하게 칼을 세워서 길을 방해한다.

앞에서 오는 칼을 막으면 옆에서 옆구리를 후리고, 뒤로 물러나면 등을 찍히게 된다.

장건은 앞으로 나아갔다.

세 개의 칼날이 장건의 양 어깨와 미간으로 날아들었다. 장건은 양손으로 한 개씩의 칼날을 받았다. 칼을 휘두른 사내들이 깜짝 놀랐다.

힘주어 내리친 칼이 중간에 힘이 빠져서 멈춰 버린 것이다. 그야말로 완벽하게 손바닥에 칼이 딱 붙어 있었다. 장건은 합장하듯 손을 모아 미간으로 떨어지는 가운데의 칼을 사이에 끼웠다. 세 개의 칼을 모두 잡아 냈다. 그러한 일련의 동작들이 부드럽고 매끈하게 이어졌다.

"얍."

기합 같지도 않은 중얼거림의 기합을 낸 장건이 대각선으로 사선을 그으며 왼쪽 허벅지 아래로 팔을 당겼다.

칼을 내려친 세 명의 사내들은 소용돌이에라도 휩쓸린 것처럼 장건의 왼쪽으로 쏠려 갔다.

"어어어?"

와당탕.

쿠당.

세 명의 사내들이 나동그라지는 바람에 전열이 조금 무너졌다. 오른쪽에서 한 명의 사내가 장건의 옆구리를 파고들었다. 동시에 뒤쪽에서 장건의 다리와 등짝을 베어 왔다.

"에이, 이것도 귀찮!"

장건은 뒤도 돌아보지 않고 휘적! 앞으로 나아갔다.

지금까지 장건은 남의 힘을 이용하는 방어형의 공격 수법만을 써 왔다. 남을 먼저 때리는 것도 싫었고 자기 힘을 쓰는 것도 싫었다. 그래서 남이 공격하는 것만 받아쳤다.

하지만 지금은 조금 상황이 달라졌다. 남이 공격해 오는 것만 마냥 받아치기엔 너무 답답했다. 속에 응어리진 것을 풀어야 시원해질 것 같았다.

뒤와 옆에서 공격해 오는 건 무시했다. 그냥 앞으로만 나아가며 양손을 마구 뻗었다.

오른손에 누군가가 내민 칼날이 와 닿았다. 장건은 엄지와 검지, 중지로 칼날을 쥐었다. 왼쪽으로 칼날을 당기자 상대가 오른쪽으로 힘을 주어 버틴다. 그 힘을 이용해 갑자기 오른쪽으로 중심을 돌려 버린다. 팽팽 돌아가는 내공이 장건의 몸 안에 무시무시한 소용돌이를 만들어 두었다. 그 소용돌이를 타고 흐트러트린 방향으로 팔을 한 바퀴 힘껏 돌린다.

부웅!

상대가 순식간에 공중에 떠서 팽글팽글 돌며 날아가 버렸다.

"으아아!"

장건이 팔을 한 번 뿌릴 때마다 한 명씩이 잡혀 날아갔다.

"으헉!"

왼손 오른손, 잡히면 잡히는 대로 날아가고 그 속도를 뒤에서 쫓아갈 수가 없다.

눈 깜짝할 사이에 십여 명의 사내들이 나뒹굴었다. 장건은 앞으로도 왔다가 뒤로도 돌아가며 포위망을 헤집고 다녔다. 점점 더해질수록 신이 나기까지 했다.

"아하하하! 이히히!"

미친놈도 아니고 웃으면서 사람을 깃털처럼 집어던지는 데에는 도저히 당할 수가 없다. 뭐가 어떻게 되는 건지 옷이든 무기든 잡히면 힘이 쑥 빠지면서 갑자기 휘꺼덕 몸이 뒤집히는 것이다.

무당의 환야와도 거의 대등하게 태극경으로 대결을 한 장건이었다. 장건의 수법에 사내들은 속수무책으로 날려지고 있었다.

"으……!"

사내들은 장건에게 질려 버렸다. 생긴 것과 다르게 이 소년은 무지막지하다. 어지간한 무림인들하고는 비교할 수도 없는 실력이었다.

단칼에 두터운 나무를 동강 낼 수도 있는 실력자들도 이미 장건의 손에 붙들려 자빠지고 있었다.

그도 그럴 것이!

이미 장건은 강호제일의 쾌검이라 불리는 청성일검의 검도 받아 낸 적이 있었던 것이다!

아무리 이들이 칼질을 잘해도 청성일검의 쾌검을 따를 수는 없을 터.

장건에게는 수십 명이 동시에 칼질을 해도 청성일검의 칼질 한 번보다 못하다고 느껴지는 셈이었다.

바닥을 구르는 사내들의 수가 늘어갈수록 재밌어 하던 우찬의 표정은 점점 더 굳어 가고만 있었다.

"으아아."

가마에 달린 손잡이를 붙든 손이 덜덜 떨린다. 만약 사내들이 모두 쓰러지고 나면 아무래도 자신이 해코지를 당할 것 같은 생각이 들었다.

"천호장! 이, 이게 무슨 정예병이오? 어, 어떻게 이, 이런 놈들로 감히 내 호위를 세웠지? 도, 돌아가면 아버님께 말씀드려 큰 경을 치를 것이오!"

천호장의 얼굴에 불편한 심기가 그대로 드러났다. 누가 저 소년을 보고 이 정도의 실력일거라 생각했겠는가?

천호장이 무공 교두에게 말했다.

"교두! 놈은 무림인이오. 교두가 나서 주어야겠소."

혹시나 하여 무공 교두와 같이 온 게 다행이었다. 이 무공 교두는 도독부에서도 상당한 고수 축에 속했다. 혼자서 스무 명의 병사들과 대련을 하며 가르칠 정도니 소년의 실력이 아무리 좋아도 교두를 이길 수는 없을 터였다.

무공 교두가 고개를 끄덕였다.

"알겠소. 병사들을 물리시오."

"물러나라! 저 역적 놈은 심 교두가 맡을 것이다!"

천호장이 고함을 질러 사내들을 물러서라 명했다.

삽시간에 사내들이 기절한 자들을 부축하며 좌우로 물러났다. 원형의 포위망은 유지한 채 장건을 가운데에 둔 형국이다.

"딸꾹."

장건은 입맛을 다시며 가마 쪽을 보았다. 한바탕 힘을 썼더니 더 취기가 올랐다. 이제는 사방이 막 핑글핑글 도는 것 같았다.

그런데도 시야는 또 멀쩡하니 그게 참 희한한 기분이었다.

펄럭.

중군도독부의 무공 교두인 심적은 뒷짐을 진 채, 훌쩍 뛰어올랐다. 가마꾼의 어깨와 머리를 밟으며 제비처럼 서너 장을 날아 장건의 앞으로 뛰어내렸다.

심적은 운남성 사람으로 본래 이름 없는 중소문파의 제자로 있다가 명성을 얻고 싶어 문파를 뛰쳐나왔다. 실력이 좋아 정사대전에서도 나름의 활약으로 이름도 알렸다.

그러나 정사대전이 끝나고 나자 평화로운 강호에서 그가 할 일은 없었다.

결국 그는 중군도독인 우이첨의 식객으로 있다가 군부에 투신하여 무공 교두 중의 한 자리를 맡게 되었다.

현직에 몸담은 지 십 년도 더 되어 현재는 강호의 돌아가는 사정을 잘 알지는 못하지만, 그래도 한때는 쌍봉우사(雙棒雨士)라고 하면 강호에서는 알아주는 무인이었다.

별호처럼 허리에 달랑거리는 단봉(短棒) 두 개가 그의 독문 병기였다.

심적은 허리에 찬 단봉을 달그락거리며 장건을 향해 천천히 걸어갔다.

"뭐 하는 놈이기에 죽음을 자초하는 거냐?"

"딸꾹. 나요?"

심적은 장건의 얼굴이 붉고 술 냄새가 풍기는 것을 보고 혀를 찼다.

"젊은 혈기에 잔재주를 믿고 술기운으로 난동을 피워서 인생을 망치는구나. 그만한 실력이면 아직 꽃도 피우지 않았을 것을."

장건은 눈을 깜박거렸다. 뒤의 말은 듣지도 않았다.

"술이요? 저는 곡차 마셨는데요."

"그게 술이다."

"……에에? 거짓말!"

"쯧쯧, 거짓말이면 어떻고 아니면 또 어떻겠느냐. 하필이면 도둑부의 심기를 거스르다니."

철그럭.

심적은 쇠테가 둘러진 단봉을 빼 양손에 쥐었다.

"여하간 덕분에 간만에 쌍봉우사로 돌아가는구나. 내 지금은 군부에 적을 두고 있으나 그래도 한때는 강호에서 칼밥을 먹고 살았던 몸. 옛정을 생각해 네 문파에는 해가 없도록 힘써 주마. 대신 너는 여기서 네 목숨을 두고 가야 할 것이다."

"내 목숨을 아저씨가 왜요?"

"쯧쯧, 네가 내 손에 죽지 않으면 네가 속한 문파에 해가 갈 게 아니냐. 그리고 너는 도독부에 끌려가 끔찍한 형벌에 처해질 게다."

장건이 자기 얼굴을 손가락으로 가리켰다.

"내가 뭘 잘못했는데요?"

"도독부의 병사들에게 행패를 부렸으니 역모 죄가 아니겠느냐. 너는 물론이고 네 문파도 큰 화를 당할 것이다."

"에엑!"

장건은 털썩 무릎을 꿇었다.

머리가 어지럽고 멍해서 제대로 된 사고를 하긴 어려웠다. 그러나 소림사가 해코지를 당한다는 얘기에 그냥 왠지 마음이 아팠다.

"나 뭐 했는지 모르겠는데 소림사에 해를 끼치게 되어써요. 어뜩하지?"

취해서 감정의 변화가 너무 심하게 오가고 있었다.

"그래, 그래야지. 고통 없게 보내 주마."

심적은 귀찮은 일을 하나 덜었다는 개운한 표정으로 단봉을 들어 올렸다. 잔재주를 부린다고 장건을 평가절하하긴 했으나, 조금은 찜찜한 데가 있었다.

 '이놈이 취해서 그런지…… 무슨 무공을 쓰는지, 무위가 어느 정도인지도 모르겠단 말이지.'

 심적이 단봉에 공력을 담아 장건의 왼쪽 머리통을 내려쳤다.

 "잘 가거라. 명복은 빌어 주마."

 부—웅.

 바위도 산산조각 낼 수 있는 위력이 담겨 있는 단봉이었다.

 물론 장건은 죽겠다는 생각은 눈곱만큼도 없었다. 그냥 힘이 빠져 주저앉았을 따름이었다.

 장건은 머리로 떨어지는 단봉을 무심코 보고 있었다. 단봉의 끝은 쇠테를 둘렀고, 쇠테에는 둥근 쇠 징이 박혀 있었다.

 그런데 너무 더러웠다. 단단한 나무로 만든 봉대는 손때를 타 거무죽죽하고, 피딱지인지 뭔지 모를 것들이 틈마다 끼어 있었다.

 정사대전 때부터 수십 년을 써 온 그의 독문병기이니 세월의 흔적은 어쩔 수 없는 노릇인지도 몰랐다.

 하지만 장건에게는 정말로 끔찍한 일이었다. 하다못해 죽더라도 저런 더러운 무기에 맞아 죽고 싶지는 않았다.

"으악!"

장건은 반사적으로 일어났다. 일어서면서 왼손을 뻗어서 손바닥으로 심적이 휘두른 단봉을 그대로 받으려 했다.

심적은 눈살을 찌푸렸다. 칼날을 맨손으로 잡아채는 것도 보긴 했으나 병사들과 자신은 다르다. 무모한 짓이었다. 공력 때문에 손이 그대로 뭉개지고 고통만 길어질 뿐이다.

'쯧.'

심적은 멈추지 않고 더 힘주어 단봉을 내려찍었다. 하지만 그도 한때 이름을 날렸던 만큼 실력은 있는 무인이었다.

그런데 아주 찰나, 장건이 손을 뻗을 때 어쩐지 눈에 익은 듯한 수법의 느낌을 받았다.

장건은 왼손을 올릴 때 손부터 먼저 올린 것이 아니었다. 허리를 오른쪽으로 틀어 놓고 있다가 왼발로 땅을 차면서 왼쪽으로 허리를 틀었다. 비스듬히 허리를 돌린 순간 허리의 움직임을 딱 멈추었다.

그러면서 왼손이 튀어나왔다. 거기까지 일련의 동작들이 어딘가 모르게 익숙했다.

그리고 공력이 실린 단봉과 장건의 손바닥이 닿았을 때 확실히 느꼈다.

힘이 쭉 빨려나가는 듯하면서 더 이상 단봉에 힘이 실리지 않는 놀라운 현상. 물 먹은 솜을 친 것처럼 심적의 단봉은 멈춰 있었다.

'탈력(脫力)!'

강호에서 이러한 수법이 몇 개나 있겠는가. 아니, 있다 한들 거의 무방비 상태에서 자신의 삼성 공력이 담긴 단봉을 막아 낼 수 있는 수법이 얼마나 있겠는가.

당장에 몇 가지를 꼽으라면 꼽을 수 있을 타다.

그리고 그중 하나가 유력하긴 하나 단정할 수는 없었다.

'설마······.'

푸앙!

엉거주춤하니 마보를 선 상태로 장건의 왼쪽 발밑에서 뿌연 먼지가 소용돌이치며 피어올랐다. 그리고 이어 오른쪽 발밑에서도 먼지가 피어오른다.

심적은 장건이 힘을 흘려서 전이시키고 있다는 걸 눈치챘다.

'이놈이?'

장건이 어떤 식으로 힘을 흘렸는지 심적은 단박에 알아챘다. 그는 수많은 실전을 거친 백전노장이었다. 지금 같은 경우에 어떻게 해야 하는지 잘 알고 있었다.

장건은 원의 흐름을 이용해 자신의 힘을 흘리고 있다. 왼손으로 받아 왼발, 오른발 순으로 힘이 돌고 있었다. 왼쪽 방향으로 장건의 체내에서 힘의 흐름이 돌고 있는 것이다.

'건방지게 내 힘을 흘리려 들어!'

심적은 짧게 호흡을 한 후 왼손에 들고 있던 단봉도 내려

쳤다. 그러면서 오른쪽으로 회전을 걸었다.

팽그르르!

단봉 자체가 심적의 손아귀에서 맹렬하게 회전하며 장건의 머리에 내려 꽂혔다.

'끝났다!'

상대의 힘을 흘리는 수법은 적은 힘으로 큰 힘을 살짝 궤도만 틀어 이끄는 수법이다. 따라서 회전의 방향이 가장 중요하다. 그런데 장건의 몸에는 현재 왼쪽으로 힘의 회전이 걸린 상태다.

이런 상태에서 오른손을 내밀어 막으려 한다 해도 오른손 역시 왼쪽으로 힘의 회전이 걸린 상태인 것이다.

거기에 반대쪽으로 회전이 걸린 막대한 공력의 단봉이 떨어지게 된다면?

마주 보며 뛰어가는 아이와 어른이 서로 부딪치는 것과 같다. 두 말 할 여지없이 장건의 손부터 머리까지 박살이 날 터였다.

하지만 장건의 상황상 막지 않을 수 없다. 몸 안을 돌고 있는 심적의 엄청난 공력이 채 해소가 되기 전이라 함부로 피하려 했다가는 몸이 터져 버릴 것이다.

장건은 곧 심적의 예상 그대로 오른손을 뻗고야 말았다. 그런데 그 수법이 실로 신묘했다.

처음 단봉을 받았을 때는 왼쪽으로 몸을 틀다가 멈추고

는 그 정지력으로 왼손을 사출하듯 뻗어서 받았다. 그런데 이번에는 오른쪽으로 허리를 트는 게 아니라 오히려 왼쪽으로 허리를 더 비틀면서 오른손을 뻗는 게 아닌가!

'이럴 수가!'

이번에야말로 장건의 수법을 똑똑히 본 심적의 눈이 휘둥그레졌다.

'설마 했는데! 정지법(停止法)이었구나!'

특정 방향으로 몸을 틀어서 주먹이나 장에 속도와 힘을 붙이는 방법을 합경력법(合勁力法)이라 한다.

거기에 기합을 지르며 호흡을 멈추면 힘이 더해지듯, 일부러 동작을 정지하여 반발력을 이끌어 내는 방법을 쓰기도 하는데, 그 같은 방법은 정지법이라 부른다.

장건이 처음 손을 뻗을 때 쓴 수법은 바로 합경력법 중에서도 순정지법(順停止法)이었고, 두 번째 쓴 수법이 바로 역정지법(逆停止法)이었다.

이 정지법은 기본적인 합경력법과 달리 회전이 걸리지 않는다는 게 특징이다.

합경력법에서는 오른손의 주먹을 뻗기 위해 허리를 오른쪽으로 틀게 되면 오른쪽으로의 회전 방향이 생긴다. 이 회전력이 권법의 파괴력을 더욱 증강시켜준다.

그러나 정지법은 그러한 회전 도중에 허리의 움직임을 강제로 정지시키는 것이다. 그러면 회전을 하다가 정지되어 회전력은 사라지고 반발력만 남게 되는 것이다.

 딱히 구분하거나 말거나 크게 상관이 없을 만한 이 방법들은 힘을 흘리는 수법 중에서도 최상승의 무공에서 매우 요긴하게 사용된다.

 특히 순정지법과 역정지법의 수법들을 공격이 아니라 수비에서 자유로이 사용하는 무공이 있다.

 바로 태극경이다.

 심적은 이 순회전과 역회전, 그리고 무회전을 마음대로 사용하여 몸이 파도처럼 출렁이는 것을 직접 본 적이 있었다. 당시 그 태극경을 시전한 이는 무당의 엄청난 고수였었다.

 그런데 지금 장건이 그와 비슷한 모습을 보였다.

 장건은 역정지법으로 한순간 몸의 회전을 멈추고 심적의 두 번째 공격을 회전 없이 받아 내 버린 것이다! 따라서 역회전이 걸려 있던 심적의 곤봉을 회전 방향에 상관없이 받은 셈이 되었다.

 평소의 장건이었다면 세세한 근육만을 움직여서 이것을 해냈을 테고, 그랬다면 심적이 알아보기도 쉽지는 않았을 터였다. 하나 어쨌든 동작이 커진 덕에 심적은 명확히 장건의 수법을 볼 수 있었다.

 '순정지법과 역정지법을 이리도 자유롭게 사용할 수 있다니! 그렇다면 이놈은······!'

 심적은 속으로 비명을 질렀다.

지금 역시 방금 전과 똑같이 물먹은 솜을 친 기분이었고, 그의 공력은 남김없이 장건의 몸속으로 빨려 들어갔다.

푸아아앗!

발밑에서 더욱 거센 먼지의 소용돌이가 일더니 장건의 몸이 파도처럼 출렁거렸다.

꽈꽝!

장건의 발밑이 확 꺼졌다.

동시에 장건은 무슨 일이 있었냐는 것처럼 가벼운 몸짓으로 심적을 툭 밀었다.

"크!"

심적은 오장육부가 뒤틀리는 기분을 느꼈다. 그 순간 엄청난 회전력에 의해 그의 몸이 맹렬하게 회전했다.

"우아아아악!"

한 모금의 피를 토하며 심적이 허공을 날았다. 몸이 뱅그르르 돌고 있어서 핏물이 회오리의 궤적을 그렸다.

쿠당탕탕.

심적은 일장도 넘게 날아가 바닥을 굴렀다. 하도 돌아서 정신이 없었다. 그러나 그 와중에도 심적은 장건의 동작을 머리에 새겨 두고 있었다.

장건이 혼잣말로 중얼거렸다.

"이렇게까지는 안 하려고 그랬는데, 조금 미안하네. 에이, 그래도 내가 먼저 잘못한 건 아니니까."

사방으로 도망갔던 상인들과 구경꾼들은 그저 눈만 크게 뜨고 볼 뿐이었으나, 이를 지켜본 도둑부의 인물들은 경악을 금치 못했다.

심적이라면 도둑부에서도 내로라하는 고수다. 그의 실력을 본 사람들은 그가 뭘 해 보지도 못하고 제풀에 나가떨어진 것을 믿을 수가 없었다.

솔직히 말해서 심적이 왜 나가떨어졌는지도 알지 못했다. 그냥 단봉을 두드리다가 자기 혼자 갑자기 핑그르르 날아가 버렸으니까.

천하를 삼분하는 군부의 세력가 중 한 사람, 중군도독의 두 아들딸은 이 같은 광경에 서로 다른 반응을 보이고 있었다.

우찬은 공포에 질려 덜덜 떨었고, 우희는 입을 벌리고 장건을 바라보고 있었다.

어쨌거나 누구나 다 약간은 멍해 있는 상황이었다.

천호장조차 그 노련함에도 불구하고 아주 잠깐 사태를 파악하지 못해 고개를 털고 있었다.

상달은 생각했다.

지금이 처음이자 마지막 기회라고.

그래서 상달은 달려 나가 장건을 데리고 가…… 려다가 그냥 서서 전음을 날렸다.

[튀엇!]

존대니 반말이니 따질 틈이 없었다.

[튀어! 튀라고! 튀어!]

장건은 시끄럽다는 듯이 귀를 긁었다.

"딸꾹."

이미 그사이에 상달이 생각한 처음이자 마지막 기회는 사라진 후였다.

장건이 힘을 대부분 땅에 흘려 버린 덕분에 치명상은 면했던 심적이 몸을 일으켰다. 심적은 쿨럭거리며 장건을 손가락으로 가리켰다.

"네놈! 달아날 생각은 하지 않는 게 좋을 거다! 네놈이 달아난다 해도 내가 네 정체를 알고 있으니 숨을 수 없을 게다!"

후아암.

장건은 하품을 했다.

"빨리 가서 자고 싶다."

졸려 죽을 것 같았다. 그러나 상달은 조마조마해 죽을 지경이었다.

상달이 두려운 눈으로 심적을 쳐다보았다.

심적은 계속해서 말했다.

"그 무공…… 네놈을 내가 모를 줄 아느냐? 큭큭."

상달은 올 것이 왔다 생각했다. 땅이 꺼져라 한숨을 내쉬었다. 아무리 소림이 자신과는 별 상관 없다고 해도 일말의 책임감을 느끼지 않을 수가 없었다.

정신을 차린 천호장이 물었다.

"교두! 저놈이 어디의 소속이오. 지금 말하시오! 당장 일만 병사들을 출동시킬 것이오!"

심적이 기다렸다는 듯 소리쳤다.

"겉으로 허름한 무복을 입고 변장을 했으나 놈이 사용하는 무공은 무당의 무공이오! 저놈은 무당의 제자가 틀림없소!"

"응? 딸꾹."

장건은 딸꾹질을 하며 심적을 쳐다보았다.

"무당? 무당? 무당은 왜요?"

"허튼 소리 하지 마라! 너는 무당의 제자가 아니냐!"

긁적긁적.

술에 취한 장건은 아까부터 이상하게 시비가 붙은 이유를 알 것 같다고 생각했다.

"아아, 사람 잘못 보셨네."

살다보면 그럴 수도 있는 노릇이다. 장건은 대범하게 용서해 주기로 했다.

"이그, 진짜 다짜고짜 칼질부터 하는 거도 나쁘지만 괜히 화부터 낸 나도 반성해야 된다니까. 아녜…… 딸꾹. 아니…… 딸꾹. 아그, 말을 못 하겠네."

"뭣이? 네가 무당의 제자가 아니라고?"

심적은 말도 안 되는 소리라며 장건을 쳐다보았고, 장건은 반쯤 풀어진 눈으로 또다시 하품을 했다.
'무당?'
왠지 그 말이 머리에 맴돌았다. 무당 하면 또 따라오는 말이 생각난다.
장건은 자기도 모르게 그 말을 외웠다.
"원신천존?"
심적과 도독부의 사람들이 놀란 얼굴로 동시에 소리쳤다.
"원시천존!"
똑같은 단어라도 전혀 다른 어감이었다.
한쪽은 '이 단어가 무당의 도호가 맞나?' 하는 어감이었고, 다른 한쪽은 '습관적으로 도호를 외는 걸 보니 네놈은 역시 무당의 제자였어!' 하는 상반된 어감이었다.
"거봐! 저놈은 역시 무당에서……."
그 순간 상달이 숨어 있다가 튀어나왔다.
상달은 양손을 번쩍 들고 모든 사람들이 다 들으라고 온 힘을 다해 외쳤다.
"원시천조—온!"
상달은 모든 사람들이 멍한 사이, 장건을 번개같이 옆구리에 끼고 쌩하니 달아나 버렸다.
딸그락.
달아나다가 떨어뜨린 표주박이 바닥을 굴렀다.

장내에는 썰렁한 긴장감과 이 모든 사건의 원인이 된 술 항아리만이 고스란히 남아 있었다.
모든 사람들의 눈에 불신의 빛을 잔뜩 띠우게 한 채.

〈일보신권 14권에서 계속〉

블레이드 헌터

김정률 판타지 장편소설
FANTASYSTORY & ADVENTURE

『소드 엠페러』, 『다크 메이지』,
『트루베니아 연대기』의 작가!

김정률 판타지 장편소설

혼돈의 시대를 가로지르는 빛의 검이 되어라

『블레이드 헌터』

**세계의 균형을 위협하는 빛나는 검의 출현!
마스터의 유지를 받들어 그 비밀을 밝힌다!**

dream books
드림북스

『소천무쌍』, 『위드카일러』의 작가
가람검 판타지 장편소설!

『라이던 킹』

기회와 운명이 선택한 자! 엠페러 런이 길러 낸 유일한 황제, 라이던.
부디 가장 위대한 황제가 되어
마하칸 제국의 영광을 다시 한 번 실현시켜라!

Rideon King